JN112797

ど底辺令嬢に憑依した800年前の悪女はひっそり青春を楽しんでいる。

01

ゆいレギナ

ill.とよた瑣織

contents

1章　諦めから始まる青春

『ノーラ＝ノーズ！　お前の度重なる悪行はもう庇いきれん。封印の刑に処す‼』

婚約者殿下から告げられたそれはのちに『稀代の悪女』と謳われる少女の末路だった。

度重なる悪行……それらは全て冤罪である。

誰かを助けようとしたことはあれど、傷つけようと思ったことはない。

誰かの役に立ちたいと思ったことはあれど、誰かの邪魔をしたいと思ったことはない。

しかも婚約者殿下が真実の愛を育んでいたという事務員の少女を、いたぶった記憶などさらさらない。

だけど、最近の瘴気の増加。それによる疫病の蔓延。戦乱の過激化。災害被害。

ついでに事務員に対する嫌がらせと殺害の容疑。

それらは全部、真実の愛を前に恋に敗れた女の蛮行であったという。

嫉妬に狂った稀代の大賢者・ノーラ＝ノーズ。

『失恋戦争』を引き起こした稀代の悪女である私は、こうして死して生まれ変わることも許されない、最大の刑罰『封印の刑』に処されることになったのである。

――と、それから八〇〇年後。

（退屈だわ～～!!）

動けない。喋れない。死ぬこともできない。

薄暗い洞窟の中のクリスタルに閉じ込められた状態で八〇〇年。遠視の魔法が使えなかったら、絶対に気が触れていたと思う。

……ま、それを狙っての処刑法なんだけどね。

冤罪にまつわる理不尽に、腹を立てていた頃もあった。だけど八〇〇年。あまりに長い時間はゆっくりと復讐心すらも風化させ、ただただ刺激のない時間に辟易するだけ。

私は暇すぎる八〇〇年間、ずっと視ていた。

魔法と呼ばれる奇跡の力で作り上げた文明が滅ぶ姿を。

そして再び魔術という似て非なる技術を用いて作り上げた文明が栄えていく姿を。

（私も一緒に参加したかったな……）

過去の過ちを糧に、皆で協力して何かを作り上げていく姿はとても眩しかった。

ときに笑って、ときに喧嘩して、ときに泣いて。

封印される前から、ずっと憧れていた光景だったのだ。ノーラ＝ノーズは幼少期に芽生えた魔法の才覚から、ずっと『みんな』とは離れた人生を歩んでいたから。

（誰も『大賢者』なんてものになんて、なりたくなかったんだけどなぁ）

ただ他の子供と同じように、無邪気に遊んでみたかった。

『学校』という場所に通って、青春とか恋とかというものを経験してみたかった。

（そろそろ死ぬ自分には関係ないけどさ……）

私を封じ込めたクリスタルは、中に入れた者を不老不死で永遠に保存する大魔法具である。だけど道具はいつか壊れるもの。八〇〇年という歳月の中でだんだん不調が出てきて、中の『ノーラ＝ノーズ』の体も少しずつ老化が進んでいた。

なぜ、私にわかるのか——そんなの、私が作ったからに決まっている。

本当は処刑の道具ではなく、治療目的で開発したものだったのに……どうしてこうなったのか。

そんなこと悔いても、今更どうにかなるものではなく。

（また学校でも視よ）

最近気に入っているその学校は、裕福な生徒らが通う魔法学校だった。しかも制服が学年ごとに色が大きく違っていて、見ているだけで楽しい気分になれるのだ。

そんな若人たちの元気な様子を観察して気を紛らわせようと、魔力を繋いだときだった。

【死にたい……】

そんな誰かの声が聞こえる。

こんな僻地の洞窟に誰か来るはずもない。しかもかなり前に入り口が崖崩れに遭い、完全に塞がってしまっているのだ。だから、これは遠視先からの声である。

【もうやだ……死にたいよ。お願いだから、このまま死なせて】

その悲痛な声に、私の胸は苦しくなる。

だって、その『死にたい』という言葉が『助けて』にしか聴こえないから。

（どうにかできないかな……）

その少女が誰なのか、私は知らない。学生の誰かなのだろうが、キラキラ眩しい学校風景しか眺めてこなかったから……いったい誰なのか見当もつかない。

それでも、その声を聴いてしまったからには。

もう他人事とは思えなかった。

（よし、私が助けてあげようじゃないの!!）

そのときだった。ふと、体が軽くなる。気が付けば、私はいつもと少しだけ違う光景を見ていて。

ふと振り返ると、『ノーラ＝ノーズ』がクリスタルの中にいる。

（老けたわね〜っ!!）

ぱっと見、九〇歳くらいの老婆だろうか。老化が進んでいる体感はあったけれど、まさかここまでとは……。遠視能力の魔法で自分の姿を視ようと思わなかったのは、何かの防衛本能が働いていたのかもしれない。

自慢だった菫色の髪なんてどこへやら。真っ白で縮れたボサボサの髪。しわくちゃの顔。体は枝のように細いのに、歪に膨らんだ下腹部。それらを見て、ざっと計算する。

（この体も、もって一年ってところか）

魔法のみならず、医学の勉強もしていた私。いよいよ訪れる己の死を、私は鼻で笑い飛ばす。

（何もしなかったら、きっとあっという間だね）

八〇〇年の中の一年なんて、刹那のような短さだろう。

それでも意識だけでも動けるようになったのなら。

（行かなきゃ！）

私なんかに助けを求めてくれた、少女のもとへ。

私はもう『ノーラ＝ノーズ』を見ない。指先で四角を描き、先の遠視先を投影する。

そこに映るのは、貴族が多く通う学園内の階段で、誰かに突き落とされた少女の姿。

煤けたような髪は結っていてもボサボサ。骨が浮き出ている細い四肢。制服だって裾がほつれている。周りに散らばっている紙束は、彼女が運んでいたものなのだろうか。

【痛いよぉ。苦しいよぉ……もうこのまま死にたいよぉ……】

さまよえる魂を見つけ——私はその映像の中へ跳んだ。


跳んだ先は、真っ暗な彼女の精神世界。

蹲ったまま泣く少女に、私は手を差し出す。

（そんなに泣かないの。せっかくの綺麗な眼が溶けちゃうよ？）

（あ、あなたは……）

長い髪はボサボサで、肌もくすんでいるくたびれた少女だ。だけど、見上げてくる彼女の瞳は宝石のように澄んだエメラルド。……よく見ればかわいい顔つきしているじゃない。

（私はノーラ＝ノーズ。死にたいと思うなら、あなたの体を私に預けてみない？）

(『稀代の悪女』……?)

あら、八〇〇年経っても私って有名なのね? 喜ばし……くはないかな。

だからあまり気にしないことにして、私は彼女と同じ高さに屈む。

(一年後、あなたにとって最上の環境と一緒に体もお返しすると約束する。素敵な恋人と友人は必須だよね? あと卒業後の進路はもちろん、優しい家族と潤沢な資産も必要かな?)

(そんなの、今のわたしはひとつもない——)

(だから、私がこの一年間でつくってあげるって言ってるの。私は夢の学園生活を送ることができる。あなたは一年間ゆっくり静養したのち、完璧な状況から人生リスタートできる。どう? 我ながら悪くない取引だと思うけど?)

私は目の前で泣く少女を助けたい。

だけど同時に……私は死ぬまでの一年間、少しでも楽しい生活を送ってみたい。

自分の体が使えない私にとって、これ以上ない条件だ。

そんな自分勝手な『悪女』の目論見なんて、目を輝かせる少女にはわからないかもしれないけれど。

(ほ、ほんとうに……?)

(勿論! ほら、小指を貸して)

この無垢な少女を絶対に裏切らない。

そう己に誓って、おそるおそる手を掲げてきた彼女の小指に無理やり私の小指を絡める。

(これは、今でいう古代の絶対を約束する魔法)

小指の周りにキラキラした光が舞う。そして指切りをすれば、シャランと鈴のような音が聴こえた。

これで契約完了。もし、契約を違えれば——私は神から天罰を受ける。

体も失った私が受ける罰は——この魂の消滅くらいかな。生まれ変わることもなく、ただ消える。

八〇〇年変わらない時間を過ごすより何倍もマシだね。

どちらに転んでも、私に損はない。

(それじゃあ、あなたはまずゆっくり休んで)

(あなたはこれからどうするんですか?)

その問いかけに、私は目を細める。

(私はとりあえず……あなたをかわいがってくれた者たちに挨拶しなくちゃ、ね)

そして、私が立ち上がると——

世界に光が戻る。窓から差し込む木漏れ日。若人たちの活気ある雑踏。

小綺麗な校舎の階段の踊り場で、私が突き落とされた直後らしい。

手足が痛い。ふふっ、痛いな。八〇〇年ぶりの痛みに、思わず笑みが零れてしまう。

そのまま顔をあげると、階段の上で、驚いた様子の二人組がいた。

へぇ……この子らに突き落とされたのね?

私は彼女たちに対して、八〇〇年ぶりの笑みを浮かべる。

——そういえば、この子の名前を聞いてなかったな。

心の中の本人に聞きたくても、彼女はさっそく眠りについてしまった。

それがいい。心が疲れてしまったなら、まずはゆっくり休むことが先決。

とりあえず階段上の少女らと同じ緑色のネクタイをしているから同学年なのかな。お友達を階段から突き落とすなんて、八〇〇年も経ってずいぶん『遊び方』も様変わりしたね。

立ち上がった私は、ゆっくりと話しながら階段を上がる。

「こんな小柄な私に随分(ずいぶん)な挨拶だね。昔から弱い者ほど群れるというけれど、なるほど時代が変われど人間の本質は何も変わらないご様子」

ふふっ、どうしたの？　なぜ私を見てそんなに怯えているの？

そりゃあ、ちょ〜っと殺気と魔力が抑えきれていないかもしれないけれど……私は一生懸命、先生から頼まれた紙束を運んでいただけみたいじゃない？

そんな同級生を突き落とすとか……ねぇ？　悪意以外の何があるのかな？

思わず、一人の顎を指先で持ち上げる。

「かわいい。とってもかわいい……ねぇ？　あなたたちも自分でそう思っているのよね？」

あまりの愛おしさに舌なめずりしたときだった。

「な、なに気色悪いこと言ってるのよ!?」

私の手は思いっきり振り払われて……うん。私も八〇〇年ぶりの体の扱いが下手だね。そのままゴロゴロと階段から落ちてしまった。

……ふふっ、どこをぶつけたのかな。もう全身のあちこちが痛い。

再び起き上がると、階段上の彼女らが「ぎゃあっ」と悲鳴をあげる。

ここはお貴族様が多く通う学校だったと思うのだけど、ずいぶんと品のない悲鳴だね――と見上げようとしたけど、首が横を向いたまま回らないぞ？

「ふーん」

だけど、まぁいいかと立ち上がった。手足は動くんだもの。彼女たちを見上げるのに、どうしても横歩きになるけど……八〇〇年クリスタル漬けにされていた身からすれば、大した問題ではない。

自分の意思で好きに動けるって、なんて素敵なのかな！

私は笑いを堪えることができなかった。

「ふふっ……あははっ！　痛い！　ものすご～く痛いっ!!」

何よりも心地いいのが、あちこちの痛み。嬉しいな。八〇〇年ぶりの痛み……これが生きているってことなのね。八〇〇年前も、クリスタル漬けにされる前に拷問されたっけ？　ひどく、ひどく懐かしい。こんなの、もう笑いが止まるはずもないじゃない！

これはもう彼女たちに『ありがとう』とお伝えしなければと、再び歩み寄ろうとしたときだった。

彼女らが「ぎゃあああ」と令嬢らしからぬ悲鳴をあげて廊下を走り去ってしまう。

「あら、残念」

このまま後を追ってもいいけれど……散らばった紙束をどうにかしないと。

この体の持ち主のやりかけの仕事。きっちりこなしてあげるのも契約の一つだよね。

そう、階段を下りようとしたときだった。私の足元に固いものがない。……ようは踏み外したんだね。首が横を向いたまま動かないから。

だから、また痛みが来るのかと、ちょっぴりワクワクして衝撃を待っていたのに。

この身が覚えたのは浮遊感だった。

そのままふよふよと階段を下りていって、私が収まるのは、とある男子生徒の腕の中。

あら、なかなかイイお顔。口元のほくろが色っぽいね。金色よりも優しい亜麻色の髪も柔らかそうだし、肌は白いけど骨格や筋肉はしっかり『男の子』しているみたい。

そんな少年が私に優しい笑みを向けてくる。

「大丈夫？　さっきから落ちてばかりだけど」

「心配ありがとう。でも大丈夫だから、早く下ろしてくれると嬉しいかな」

色男に優しくされて悪い気はしないけど、そういう色恋は後回しでいいかな。まずは普通に生徒らに馴染むところから始めないと。同性の友達が欲しいところだね。

なのに、彼は私を手放さないまま目を丸くする。

「へぇ……さっきのやり取りでも驚いたんだけど、きみは本当にあのシシリー＝トラバスタ？　頭でも打ったのかな？」

そうか、この子の名前は『シシリー＝トラバスタ』というのか！

一番大切な情報を入手できたことに歓喜したいものの、グッと堪える。

だって私の真相を、たったの一、二分で半分正解されちゃったからね。頭を打ったわけじゃないけど、人格が変わったのは本当だもの。

でも、そんなこと他の誰に話せるはずがないから、私は「失敬だね」と頭に伸ばされた手を払う。

そして軽く口を尖らせながら文句を続けた。

「本当に早く下ろしてくれない？　この紙束を拾いたいの」

「あ、これ？」

彼が口笛を吹く。するとたちまち、散らばっていた紙束が一つの場所に集まって。彼がその内容を一瞥するやいなや「歴史学の先生ね」ともう一度口笛を鳴らす。すると紙束は勝手にどこかへと向かって飛んでいった。

その華麗な技を見て、今度は私が目を見開いた。

「あら、今の世にもこんな魔法を使いこなせる人がいるんだね！」

「くくっ、何言ってるの。魔術に決まっててんじゃん」

せっかく褒めてあげたのに「魔法なんて古代の妄想だろう？」と笑われてしまった。悪かったね、こちとら八〇〇年前はその『妄想』の申し子と呼ばれていた者でして。

でもたしかにそうだね……もう今の世に、私が愛した魔法はないのか。魔術という概念はふんわりとしか把握していない。まったく別の理論で構築されている様子だし。

「それはちょっと寂しい、かな……」

「うん？　どうかした？」

「なんでもない。それより、いつになったら下ろしてくれるの？」

「保健室に着いたらね」

そして、彼は私を抱きかかえたままスタスタ足を動かし始めてしまう。

とりあえず、あれかな。

他の生徒ら（特に女子）の視線がひたすら痛い。

嫉妬されているのかな。この魔法使い君、見た目はかなりの色男だものね。

なので私は色男君に運ばれながら、とりあえず他の生徒らに笑顔で手を振ってみた。

当然『これから一年よろしくね』という、私なりの挨拶である。


「先生いないねー」

保健室に着くやいなや、色男君はまったく残念じゃなさそうにそう言った。

そんな彼に、私は尋ねる。

「ところであなた、お名前は？」

「えっ、俺の名前知らないの？」

自意識過剰が清々しい。でも、そーいう人は嫌いじゃないよ。

私は小さく笑ってから「うん、知らない」と答える。

こちとら自分が憑依した体の持ち主の名前すら、ついさっき知ったばかりだしね。

すると彼も苦笑して。私をベッドに座らせてから、無駄に片膝をつく。

「これはこれは失礼を――俺の名前はアイヴィン＝ダール。ちなみにきみと同じクラス。以後お見知りおきを」

私の手を取り――口づけしてくる。思わず鼻で笑っちゃう。

「これはご丁寧にどうも。あなたは、この国の王子様かな？」

「ははっ、それは光栄な勘違いだね。それじゃあ姫君に祝福をプレゼントしようか」

そして、アイヴィンという美少年はさらに私の頬に手を当てて……そのまま私の首を唇で濡らした。

ほのかなあたたかさに私は驚く。それはもちろん彼の女ったらしぶりにではない。その熱が引いていくのと同時に、首の痛みが引いたからだ。

……まぁ、まるで猫みたいだとかわいく思ったのも事実だけど。

痛みが完全に引いた首を向ければ、居住まいを正した彼が口元に指を当てていた。

「これは当然、俺ときみ二人だけの秘密ね。生徒間の治療行為は禁じられてるじゃん？」

「なるほど。たしかに治療魔法は昔から扱いが難しいからね。でもありがとう。本当にその歳でスゴイ腕前だね？」

その年といっても、私が封印されたときも二〇歳そこそこだったから、才能自体は彼と大して変わらないと思うけれど。彼も私と同じ緑色のネクタイをつけている。同じクラスって言ってたしね。

それなのに、彼はクラスメイトからの賛辞に険しい顔を向けてきた。

「ねぇ、本当にきみは誰なの？」

「あら、おかしな質問。シシリー＝トラバスタ以外の誰に見えるの？」

「たとえ何者かが擬態魔術を使っていたとしても、もう少し隠そうとすると思うんだよね。ここまで堂々とした侵入者は初めて見たよ。髪にこもった魔力も少し変わっているのかな」

ふふっ、完全に怪しまれちゃった。

このくたびれた風貌からして、シシリーはろくでもない環境にいた様子。死にたいと願ってしまうほど、疲れちゃってるわけだしね。一応、どこかの令嬢になるのかな。たしかここは、けっこうな貴族が集まっている魔法……魔術の学校だったはずだ。それゆえ有力な令息や令嬢を狙う事件とも無縁なわけではないのだろう。

あと花丸あげたくなるのが、魔力の変質。よく気が付きました。あくまで魔力は体に宿るものだが、末端には『魂(ノーラ)』の影響が少しだけ出ている様子。だけど視覚的に大差ない以上、それを感知できることのアイヴィンがかなりの優秀な魔導士であることが窺(うかが)える。

まぁ、いかに目の前の色男君が凄腕であったとしても、とりあえず私なりの『シシリー＝トラバスタ』でシラを切らせてもらうけど。

「あなたが言ったんだよ？　頭でも打ったのかって」

「それでここまで人格が変わるなら、きちんと病院に行ったほうがいいと思うよ」

「ご心配をどうもありがとう。でも、私はすこぶる元気かな」

さっきの治療のおかげで、体の細かい傷まで治ったみたい。元からの見た目のくたびれた感は、あとで自分でどうにかしないと。素材は悪くないようだし。なんとかなるでしょう。

そう楽観視していると、アイヴィンが肩を竦めてくる。

「……ま、俺も前までのウジウジしたきみより、魅力的に見えるのは事実さ」

そのとき、大きな鐘の音が聞こえた。これは時代が変わっても共通なのね。予鈴ってやつ。

案の定、アイヴィンはそれを合図に踵を返す。

「それじゃあ、今日はゆっくり休んだら寮に戻りなね。先生には俺が上手いこと言っておくから。俺が治したとはいえ、後遺症が出ない保証もないし——」

「私も授業に出るよ？」

たった一年間しかないのだ。一日たりとも青春を無駄にしてたまるものですか。

だけど、そんな事情を知らないアイヴィンは形のいい眉をひそめる。

「でも、今日は魔術実技もあるよ？　どうせ出席したところで、魔力のないきみは——」

「だったら尚更出なくっちゃ。これ以上授業に遅れたら大変だものね」

なるほど。なんか体がしっくりこないと思っていたら……シシリーには魔力がないのか。厳密にいえば、魔力が極端に少ない、になるね。生きている人間誰しも魔力をもっているものだもの。だから尚更、シシリーは彼の言う『ウジウジした少女』になっていたのだろう。

もちろん、元の体の私は『大賢者』なんて言われた通り、生まれてこのかた魔力は桁外れに多いとチヤホヤされていたほうなんだけど……まぁ、これもなんとかなるでしょう。

今の時代の魔法……いや、魔術なんだっけ？　それを見極めるにもちょうどいい機会だし。

それに心の中で休んでいるシシリーと約束したから。

授業もテストも何もかも、完璧な成績を残しておいてあげないと。

八〇〇年前の女がどこまで通用するかわからないけど、とても不思議だね。

今ならなんでもできそうな気がするよ。

「さ、王子様。教室までエスコートしてくださらない?」

「……御意(イエス)、俺の女王様(マイ・クイーン)」

私が手を差し出し微笑むと、アイヴィンは再び苦笑して私の手をとってくれる。

流石(さすが)の八〇〇年前も、こんなことをしてくれるような婚約者様ではなかったから初体験だ。

だけど、悪くない。

どうやら私は、この女王様扱いを好ましく思っているらしい。


教室への道すがら、アイヴィン=ダールに訊いてみる。

「ところで、あなたから見て『シシリー=トラバスタ』ってどんな子かな?」

「まさに『枯草令嬢(かれくさ)』の二つ名がピッタリだと思っていたよ」

彼が言うには、シシリーは常に隣のクラスの姉に尽くしていたという。姉といっても双子らしいが、朝から晩まで姉の日直の肩代わりまで、まるで使用人のように働いていたらしい。

そのためシシリー自身は常に疲れており、身なりもボロボロ。

その分、双子の姉はいつも爪の先から髪の先まで磨き抜かれたキラキラの美少女。

そんな姉に養分を摂られた『枯草』シシリー=トラバスタというのが、私が体を借りている少女の評判であるらしい。

「正直、きみら姉妹にあまりいい印象はないね。それこそ、きみの姉が俺のファンクラブとか立ち上げちゃっていい迷惑なんだけど。やめさせることできない?」

「ん～、あなたがどのくらい私に尽くしてくれるか次第じゃないかな？」

「くくっ、その尊大っぷりは嫌いじゃないけどね」

会話をしている間も、各教室の中から私たちを見つめる視線が少々痛い。

それは授業が始まっているというのに、欠片も急ぐ素振りのない私たちへの稀有か。それともファンクラブまであるというアイヴィン＝ダールと仲良くしている私への嫌悪か。

たしかにアイヴィンの顔はとても綺麗だと思う。猫っぽい色気ある目元は一〇代の少女らには刺激が強いのだろう。長い手足も相まって、ファンクラブなるものができることも頷ける。

しかも明らかに『枯草』に相応しくない言動をしているシシリー＝トラバスタに対して、柔軟に対応しつつも決して警戒心は解かない姿勢。正直、今も少しでも隙を見せればナイフで刺されそうな空気である。普通の一〇代の学生ができる芸当ではない。

……どんな人生を歩めば、こんなかわいくない色男ができあがるのだか？

魔力感知能力からしても、おそらく彼が厳しい人生を歩んできているだろうと憶測している間に、目的の教室に着いたようだ。

教室の中では、どうやら歴史の授業が始まっていたらしい。

「連絡は受けていたが……シシリー＝トラバスタ。体調はもういいのか？」

「すこぶる元気だよ。ありがとう、先生」

厳しい顔つきながらも、優しい先生に私は笑みを返す。

ついでに黒板を見やれば、そこにはとても気になる題目が書かれていた。

稀代の悪女　ノーラ＝ノーズ。
■八〇〇年前に前文明を滅ぼした大賢者。
■失恋戦争を引き起こした大罪人。
■瘴気を使い、多くの災害を起こした。
■数多くの人体実験を繰り返し、多くの犠牲を生んだ。

こう書き出されてみれば、ものすごく悪逆非道な女である。

思わず鼻で笑っていると、いつの間にかアイヴィンが「きみの席はこっちだよ」と椅子を引いてくれていた。あら、なんて素敵な王子様。

だけどその前に、私は教壇に立つ先生に問いかける。

「教鞭を借りてもいいかな？」

突然の申し出で先生が戸惑っている間に、私は教鞭を借りた。

そして、ベンッと黒板を叩く。

「そもそも、みんなは瘴気が何か知っているのかな？」

声を張った私に、応えてくれる者はいない。

呆然としているクラスメイトらの顔を一通り見渡してから、私は一人で話し始める。

「瘴気とは魔力の滓。つまり生きとし生ける者なら誰しもが排出するもの」

魔力をもたない生物はいない。もちろん保有量の大小はあれど、植物も動物も人間も、魔力を糧にその命を繋いでいる。たとえ八〇〇年経てど、生物の摂理が変わるはずがない。

「たしかに瘴気は人体にとって害のあるものだね。体内に溜まりすぎれば毒素となり、その健康を脅かす。そしてノーラ＝ノーズは医療における魔法応用について研究していた。当時流行っていた瘴気蓄積症の治療のために、瘴気について研究していたのも必然じゃない？」

私の問いかけに、やっぱり誰も応えてくれない。

だから仕方なしに、私は一人で話すのだ。

「そして先に言ったとおりに医療の研究をしていたのだから。治験として人体に試す行為を経ないと、世に広めることはできないと思うのだけど――それでも、あなたたちはノーラ＝ノーズを『悪女』と呼ぶつもりなのかな？」

ま、私の全てを知っていながら敢えて悪く主張した当時の婚約者どのが諸悪の根源なのだけど。

しかし、残念ながら――私がクリスタルの中から見ていた歴史は、こんな私の正当性を赦すわけにはいかないのだろう。静まり返る教室の中で、先生だけが溜め息を吐く。

「たしかにきみの解釈も個人的には面白いと思う。ただ、それはきみが権威を得るまでは胸に秘めておくといい。創世の賢王がノーラ＝ノーズを悪女として封印しているんだ。きみの意見は国家転覆罪として訴えられる可能性もある」

「あら、それは大変だね」

別に私とて、八〇〇年前についた悪名を今更どうにかしたいわけではない。

ただ、少し試してみたかっただけ。

あのときは誰も聞いてくれなかった話を、今なら聞いてくれる人もいるかなって……そう期待してみただけ。別に『シシリー＝トラバスタ』を罪人にするつもりなど欠片もない。

だから私は先生に向かって微笑む。

「ありがとう、先生。おかげで溜飲が下がったよ」

いきなり教鞭を奪った生徒に対して、冷静に諭して、受け止めてくれる彼はものすごくいい先生なのだろう。無駄に頭と眼孔が光っていない。

私は大人しく指示棒を返して、今も椅子を引いてくれているアイヴィンのもとへ向かう。私が「ご苦労さま」と声をかけると、彼は目の端を拭っていた。ずっと笑いを堪えていたらしい。

「いい演説だったよ」

「お褒めいただきどーも」

「とても『枯草』とは思えないね」

「これからは青春を楽しむって決めたからね」

宣言しながら見上げれば、アイヴィンは口角を上げている。

「それは見ものだ」

そして、私はようやく椅子に座った。すると彼は軽く私の肩を叩いていく。

「それじゃあ、俺の席は前の方だから。困ったことがあれば声かけて」

「ありがとう。気が向いたら頼りにするよ」

……この人は、完全に人格の変わったシシリーで遊んでいるね？　それでも今のところ、むしろ助かっていることが多いから……ここはお互い利用していくほうが得だと思う。周りからの視線は鋭いけれど、嫉妬もまた愉悦である。

だけど、それから間もなくして鐘が鳴ってしまった。小休憩を挟んでから、ようやく魔術実技の時間となるらしい。ここからが私の本領発揮である——と、わくわくしながら次の鐘の音を待っていると。

どうやら気になるのが隣からの視線。

たおやかな金髪を二つに結った、化粧が綺麗な美少女だ。陶器のような白い肌に、綺麗な鼻筋が通っていて、唇も綺麗に桃色がのっている。まばたきするたびにパタパタするまつげも影ができるほど長い。しかもどれもが制服から浮かないくらいの絶妙な加減なのだ。

元がかわいいのもあるだろうけど、これは磨かれたかわいさなんだろうな。

そんな品のある美少女の中の美少女が聞いてくる。

「あなた、頭を打ったって本当だったの？」

「うん、階段から突き落とされたからね？」

「ふーん……だったら授業妨害していい気になってないで、早く寮にお戻りになったら？」

おおーっと。これは……。

鋭い視線からの容赦ない指摘に、思わず私が閉口していると。

鐘が鳴る。どうやら午後の授業後半戦の開始らしい。

担当教諭は担任の歴史学のつるつるさん。どうやら普段は違う人らしいが、急病のためお休みしているらしい。マルチな頭脳を持つ担任、シンプルな頭と共に素敵だね。

魔術の実技訓練……といっても、ドンパチ派手にやるわけでなく、光の色を変えていく訓練のようだ。八〇〇年前だったら五歳くらいの子供が初めての魔法として練習するような内容だけど……ふむふむ。現代の『魔術』という理論によれば、色を変えるときに大気中の微粒子をそれぞれ抽出・配合を同時に行わなければならないから、高難易度の技術になるみたい。しかも表現したい色によって抽出する微粒子が変わるから、綺麗な色を作るためにはかなりの集中力がいるとのこと。

なるほど。たしかに工程の一つ一つを理論づけて技術化していけば、出来不出来はともかく誰にだって『魔術』を行使できる。才能によって能力に大きな差が出ていた八〇〇年前の『魔法』より、よほど民主的だと思うけど……。

でもこれって……私が八〇〇年前に提唱していた技術じゃないかな？

当時は非効率だって可決されなかったけれど。

「では、これより一人ずつ偏光反応を披露してもらう！」

クラスメイトが皆順番に教壇にあがって技術を披露しているのを眺めていると、再び隣の女の子が話しかけてくる。

「魔力なしが試験を受けてどうするの。早く退学したほうが宜しいのではなくて？」

さっきからやたらトゲトゲしいことを言う少女である。

だけど、私はにっこりと返事をした。私の一挙一動がシシリーの評判に関わるからね。

「ご心配ありがとう。でも、それであなたに迷惑かかるわけじゃないでしょ？」

「……この魔力なしの根性なしが」

あら、舌打ちされちゃった。今どきの女の子って品がないんだね。

でも、たしかにご指摘内容はもっともである。いくらシシリーの体に意識を集中させても、十分な魔力の気配を感じない。現にクラスメイトらが披露している光の偏光は、色がまばらだったり、変化が少なかったりと大したことないんだけど……。

その中で、大歓声があがるほどのイルミネーションを見せてくれた男子がひとり。アイヴィン＝ダールである。手の中に生み出した光を、一定の時間で七色自由に切り替えている。しかも本人は微笑をたずさえたまま余裕のようだ。

終わった直後はこちらにウインクを向けてくるから、今度は私が苦笑を返す。

そんなこんなで、隣の女子の次が私である。隣の女子も魔術は得意なようで、三色の変化を見せた後、自慢げに鼻を鳴らしていた。このあとじゃ恥を掻くだけでしょう？　そう言いたげな視線を向けて。それはどうかな？

「次、シシリー＝トラバスタ！」

「はーい」

先生に呼ばれて、私は席を立つ。すれ違いざまに「今からでも仮病を使ったら？」と隣の席の子に親切を提案されて、私は気持ちだけ受け取っておいた。

そして前に出て、先生に質問する。

「この試験は魔力量を測るものではなく、操作性を見るものと考えていいのかな？」

「まぁ、此度(こたび)に関しては光のサイズを見るものでないからな。すごく小さくても減点対象には——」

「それなら……さっそく頼っていい？」

私が手を差し出すのは、もちろんアイヴィンだ。一見するに、このクラスで魔力が一番潤沢なのが彼だからね。多少借りたところで問題はないだろう。

「俺の魔力を使うってこと？」

「えぇ。もちろん操作は何もしないでね。私の試験なんだから」

「それは当然。先生が許可してくれたらだけど……」

そうして彼が教壇を見やれば、先生は「余計な手出しはしないでくださいよ」と敬語で釘を刺してくる。先生にまで敬われるとは、本当にどこぞの王子様だったりするのかな？

だけど、そんな詮索は後回し。

私は教壇まで出てきてくれたアイヴィンと顔を見合わせてから、彼の手を借りた。

教室中が色鮮やかに彩られた光景をイメージする。夜の中に光の蝶が舞う。その蝶は七色に色を変えて、感嘆する生徒らの肩や腕で羽を休める。

目の奥で見えた光景を、魔力を介して現実のものへ。想像と現実が一つに交わったとき、教室の奥からぼそりと言葉が紡がれる。

「きれい……」

シシリーの隣の席の女子が漏らした声のようだ。

へぇ、素直でかわいいじゃない？

そう喜んでもらえたなら、ちょっと調子に乗っちゃおうかな。私はさらに光の薔薇の幻想を生み出し、瞬かせると——つるつる頭に蝶をのせた先生が慌てて両手を叩いた。

「そ、そこまでだ！　シシリー＝トラバスタ!!」

「あら、ここからがいいところだったのに」

私は魔法を解く。元の木造の教室風景に戻った中で肩を竦めれば、私の真隣でアイヴィンが拍手を送ってくれていた。

「お見事だ！　きみにそんな才能があるなんて。もう少しきみ自身に魔力があれば、王立魔導研究所に推薦しているところだよ！」

「あなたにそんな権限があるの？」

「一応、俺はそこの正職員だからね」

「へぇ、一応覚えておこうかな」

彼の様子からして、他人に魔力を使われても特別体調に支障は出ていないようである。

今も息を呑んでいるクラスメイトらの反応からして、これでひと泡は吹かせられただろうと席に戻っていると、先生がアイヴィンに確認していた。

「本当に、先の偏光反応は貴殿がしたものではなく？」

「俺は本当に〝魔力を引き出された〟だけですよ。操作は全て彼女によるものです」

とりあえず使ってみてわかったことは、今でも私は『魔法』が使えそうとのことだ。もちろん魔力源をどこからか供給する必要があるけれど……慣れてくれれば、シシリーの少ない魔力でもやり繰りしていくことが可能だろう。そもそも魔力がないわけではないしね。引き出すのが苦手なだけで。

これならやっていけそうだと席に戻ると、隣の席の子がチラチラと私の方を見てくる。「どうしたの？」と尋ねれば、彼女が「なんでもありませんわ！」と拗ねたように顔を背けてしまった。

そんな彼女に、私は訊いてみた。

「もしよければ、お願い事があるんだけど」

「な、何ですの……!?」

「後であなたが使っている化粧品について、教えてくれない？」

今も『シシリー』の髪はボサボサである。手や膝もカサカサだし、美容や化粧なんて無縁の長物だったのだろう。

私も八〇〇年前は仮にも王太子の婚約者だった手前、最低限の知識はあるけれど……なにせ八〇〇年前の知識である。シシリーに古いおしゃれをさせて恥ずかしい思いをさせてはならない。

一年後に、最高の状態で体を返すと約束したのだ。

この体を磨けるだけ磨いて、最高にかわいい美少女にするのもまた、私の責務である。

だから投げた疑問符に、隣のおしゃれな彼女は少しモジモジ何かと葛藤した後で「……教えるだけですわよ」と拗ねたように応えてくれた。

「あたくし、ず～っとあなたが嫌いだったんですの！」

シシリーの隣の席の子、アニータ＝ヘルゲは廊下をずんずんと歩きながら文句を告げてきた。

「いーっつも隣のクラスの姉にこき使われてウジウジウジウジウジウジウジ。そんな光景をいつも隣の席で見せつけられている身にもなってちょうだい！　イライラしてしょーがないですわ！」

いや、押しつけがひどくない？

でも、虐められている光景を見てイライラしていたということは、彼女なりに心配はしてくれていたということなのだろう。根は悪くない子なのかもね、と思いながら、今日の授業も終わって彼女の寮部屋に伺おうとしていたときだった。

「シシリー、こんなところにいたんだな！」

声をかけてくるのは、一人の男子生徒。青い制服だから……学年が違う様子。年下かな。

短い茶色の髪に青い瞳が妙に緩く見えるのは、溢れ出る彼の残念な知性がそうさせていそうだ。

「聞いたぞ、今日は授業で大活躍したようじゃないか！　その栄誉を讃えて、ぼくの宿題を代わりにやらせてやってもいいぞ！」

「……あなた、それ本気で言ってるの？」

思わず脊髄反射で答えてしまったけれど……通りすがりの生徒たちがざわめきだす。隣のアニータが思いっきり噴きだしていた。残念な当の坊ちゃんは目を丸くしたまま固まっている。

「あ、当たり前だろう？　ぼくは貴様の婚約者だぞ？」

「えーと、いつの時代からお嫁さん候補に宿題をしてもらうほど旦那さんが偉くなったのかな？」

少なくとも八〇〇年前の価値観では、白昼堂々女性に仕事を押し付けてくる男性は『甲斐性なし』

と言われていたと思うんだけど……ここまで堂々とされちゃうんだもの。流石に価値観が変わったのかと戸惑ってしまう。

だけど、隣のアニータが「よく言った！」と背中を叩いてくるから……あながち私は間違っていないのだろう。それなら言い返しちゃっても大丈夫だよね？

「素直に『馬鹿なぼくに勉強を教えてください』と頭を下げてくるならやぶさかでもないけど、私が代筆したところであなたにメリットは一つもないはずだよ。将来あなたがどんな偉い人になるのかならないのか知らないけど、勉強が必要だから学校に通っているんだよね？　自分に期待して投資してくれている親のためにも、サボり癖は早めに直したほうがいいと思うよ」

我ながら、優しく諭してあげたつもりである。

それなのに、未だ名前も聞いていない少年（本当にシシリーの婚約者なら名前は知っていなきゃいけないんだけど）は、わなわなと震えだした。

「それが婚約者に対する言い草か！　『枯草』を貰ってやろうとしているんだぞ！」

「うん。じゃあ、その婚約は破棄でいいや」

私が笑顔で提案すると、彼は再び目を丸くする。それは周囲の生徒も同じようだ。

だけど……こんな男、シシリーの利になることなさそうだよね。

「解消じゃないよ。破棄ね、破棄。あなたは『シシリー＝トラバスタ』に相応しくないや。結婚ってさ、幸せになるためにするものでしょ？　あなたが相手じゃ、そんな未来は欠片も想像できないしね。それじゃあ、さよなら」

そう言って立ち去ろうとしたのに……待ったをかけてきたのは、まさかのアニータ。

「貴族同士の婚約でご両親に相談せずに破棄はまずいですわ！　あたくし個人としては『よくやった！』と褒めてやりたいところですけど」

「あ～……そういうものか。ちなみに、家督的にうちとあちらさん、どっちが上だかわかる？」

「それはトラバスタ侯爵家のほうが歴史的にも上だと思いますけど。あちらは男爵家の中でも新興貴族ですし」

なるほどね。社交界の地位を上げたいがために、お金を盾に結んだ婚約って感じかな。見るからにあの坊ちゃんは『ボンボン』て感じだし。つまり同時に『トラバスタ家』は歴史はあれど、お金に余裕はない……てところかな。

それなら～……、私のする選択は一つだろう。

「じゃあごめんね。ひとまず『婚約破棄』は撤回させてもらっていいかな。この一年間であなた以上の優良株を探してみるね。どうせ学生のうちに結婚まで進まないだろうし。それまであなたのことは保留にさせてちょうだい。じゃ」

別に新興貴族が悪いわけじゃないけど、あの残念な男はない。シシリーの意向は聞いてないけど、もっといい男なんてごまんといるだろう。ここは貴族学校だ。爵位もお金もあって、性格もいい人だってきちんといるはず。

そう踵を返そうとしたとき、ふと視線に入ってくる色男が一人。猫毛が特徴の美男子アイヴィン＝ダールである。彼が片手をあげているから、話しかけてもらいたいのかな。

「ちょうどいいところに。ねぇ、私にピッタリのいい男に心当たりないかな？」

「それなら俺なんてどう？　今はフリーだし、将来性もあの成金坊ちゃんより有望だよ？　下手な貴族より王立魔導研究所職員のほうが社会地位は上だ。俺としてもきみには興味津々でね」

「へぇ。じゃあ候補の一人に入れておこうかな」

　正直、こんな軟派で胡散臭い男は御免である。もっと誠実で真面目な男の人の方がシシリーを大事にしてくれるだろう。これでも伊達に八〇〇年以上生きてないからね。人を見る目はあるつもり。だから気のない答えを笑顔で返して、私はアニータに腕を絡める。それこそ、この子が男の子だったら良かったのに。実際、腕を組まれて恥ずかしそうにしている姿が愛らしいしね。

「私と腕を組むの、嫌？」

「べ、別に！　好きにしたら？」

　そんな風に楽しくこの場を立ち去ろうとしていると、背後から暫定婚約者が「パパに言いつけてやるからな!!」と捨て台詞を吐いている。

　そういえば、彼の名前はなんて言うのだろう？

　ま、知らないでもなんとかなりそうかな！


　このアニータ＝ヘルゲという少女は、なかなかのお嬢様らしい。

　寮に戻るやいなや、専属の侍女が「お帰りなさいませ」とお辞儀をしてきた。そんな侍女にアニータはすぐさま「お客様にお茶を用意して」と命令する。

侍女が立ち去った後で、私は苦笑した。

「お客様ってほどの相手じゃないでしょうに」

「一応、あなたのほうが高位の令嬢になるのよ？　あたくしは伯爵位ですもの」

「でも、寮に従者を連れている子って多くないよね？」

学園と同じ敷地内の寮へ戻る道でも、従者を連れている者はあまり多く見られなかった。それに……おそらく侯爵位であるというトラバスタ家の令嬢たるシシリーにも侍女はいないだろう。侍女がいながらこの見た目だったら、それこそ多方面で問題である。

そんな私からの質問に、アニータは自分でジャケットを脱ぎながら嘆息した。

「どこかのトラバスタ家筆頭に年々資金ぐりに苦労している貴族も増えてきておりますから。数年前に大飢饉が起こったせいで、どこもかしこも火の車ですわ」

「そういうアニータのおうちは裕福そうだけどね？」

「うちはただ過保護なだけ……本当は、あたくしがこの学校に通うのも大反対されましたの」

雑談しながらも、アニータは化粧台からテキパキと小綺麗な瓶を物色していた。その数は三つ。それに加えてコンパクト型の容器が四つ。短いスティック型が一つ。

それらを全て、私に差し出してきた。

「これ、全部差し上げますわ！」

「厚意は嬉しいけど、流石に貰えないかな」

私はただ若者に人気の化粧品ブランドなり、美容成分なりを知りたかっただけである。成分さえわかれば、それに似た代用品を探してみるなり、後（のち）にお金が用意できたら迷わず購入できるよう知識を蓄えておこうと思ったのだ。

　だから余りや試供品ならまだしも……見るからに新品同然の物をこんなにたくさん貰えない。八〇〇年前の言葉で『タダより怖いものはない』という格言があるくらいだ。

　だから彼女の気を損なわないように遠慮すると……アニータが下唇を噛みながら口角をあげた。

「……やっぱりアイヴィン＝ダールへの口添え狙いなことくらい、読めますよね」

「え、そうだったの？」

　アイヴィン＝ダールといえば、先も胡散臭く私を口説（くど）いてきた色男君だ。アニータはあんな男が好みなの？　趣味が悪いなぁと諭し方を考えていると、彼女が必死の形相で食らいついてくる。

「お願い！　彼にあたくしを王立魔導研究所へ推薦するように言ってちょうだい！　今年が最後のチャンスなのっ!!」

　え〜と、『シシリー』だったら彼女の事情も把握しているのかもしれないけど、流石に出会って数時間の『私（ノーラ）』が理解しているのは難しい。だけど彼女の様子からして、切羽詰まっているのはたしかみたいだし……。

「理由次第かな。ひとまず訳を聞かせてもらえる？」

　と無難に尋ねれば、アニータに椅子に座るよう促される。個室の寮部屋ということだが、一人で使うには広いくらいのいい部屋だ。全員にこの規模の部屋が割り当てられているとは建物の規模的に考えにくいから、彼女の両親が大層寄付金を納めていることが窺える。

アニータは泣きそうな顔で話し始めた。

「あたくし……学校を卒業したらすぐに結婚させられる予定ですの。相手は小さい頃からの許嫁。嫁入り後はそのまま相手の家に入って、夫人としての務めや後継者づくりに励むことになりますわ……」

それは……八〇〇年前から聞く貴族令嬢の役目だね。

家督の多くは男性が継ぐからと、あくまで女性はサポートする存在。類まれなる才能でもない限り、そんな体系は今も昔も変わらないらしい。

「でも、あたくしは魔術師になりたい！　王立魔導研究所で働くのがずっと夢だったの!!」

それでも波から外れて夢を持つ女性も、いつの世にもいるわけで。

『出た杭は打たれる』という言葉が昔にはあったように、あぶれ者の夢は並大抵の苦労では手に入らないものらしい。

「だから両親やみんなに反対されながらも、女学院ではなく少しでも魔術の授業が多いこの学園に入学しましたわ！　ここで花開かなかったら、大人しく結婚するからと約束して……だけど、大して成果もあげられないまま卒業まであと一年を切ってしまって……」

そういえば、シシリーたちは最高学年だったね。

嫌でも卒業後の進路に焦る時期なのだろう。私も約束した手前、シシリーの進路は叶えてやる必要があるわけだけど……。だからこそ、目の前で縋ってくる少女のことが他人事のように思えなかった。

「だからお願いします！　アイヴィン＝ダールにあたくしを推薦するよう口添えして!!　もうあたく

しには、そんな手しか残されていませんの……」

私はその後の展開を覚悟しながら、言葉を吐く。

「同じクラスなのに、彼から声をかけてこないってのが答えなんじゃゃない？」

「……っ!?」

アニータが言葉を詰まらせる。きっとこのあと、私は罵られることだろう。化粧品について教えてもらうのもパアになりそうだ。だけど、この発言に後悔はない。

だって私も、かつては『大賢者』として魔法の頂点に立っていた人物だから。当時は『魔法協会』という名前だったけど、察するに魔術の叡智を極めようとする似たような組織なのだろう。

だからこそ、私は言わなくてはならないのだ。

「仮にそんなせこい真似して入職したとしても、後で自分が惨めになるだけだよ。能力が足りない場所に所属して、苦労するだけならいい。傷ついて、悔やむ羽目になるのが目に見えて――」

「何ですの、自分はたまたま声をかけられたからって偉そうにっ！」

それはまぁ事実だから……私が彼女に返せる言葉はない。

「今日は声をかけてくれてありがとう。すごく嬉しかったよ」

そう立ち去ろうとしたときだった。背中からアニータのすすり泣く声が聴こえる。

「どうして……常に虐められてきたあなたがあんな綺麗な魔術を使えますの……あたくしだってずっと一人で訓練してきたのに……」

「う～ん。一人だからじゃない？」

思わず出てきた今後のヒントに、振り向いた私は人差し指を立てる。

「ほら、私だってアイヴィン＝ダールの力を借りてようやくできたわけだし」

現に私が今使わせてもらっている体は『魔力なし』と称されてしまうほどだ。

授業の課題ができたのも、アイヴィン＝ダールの力があってこそ。せっかく『学校』にいるんだもの。その環境を活用しない手はない。

「あなたさえ良ければだけど、これから魔術の訓練、私が付き合おうか？」

「えっ？」

「一年じゃ間に合わないかもしれないけど、でも今日より早い日って二度と来ないでしょ？　さっそく今からやる？」

ふふっ、これぞ青春。

アニータの魔術向上にも手を貸すことができて。私も友達と訓練という青春っぽいことが体験できて。アニータに多少の恩を売ることで、今後のシシリーの生活にも役立つかもしれなくて。

ちょっと性格が悪いかもしれないけど、一石三鳥！　我ながら妙案だね、と自分で自分を褒めていると、アニータが不安げに訊いてきた。

「いいんですの？　それに、あたくしの夢をバカにしませんの？」

「どうして友達の夢をバカにする必要があるのかな？」

「ともだ……」

途端、お喋りだった彼女が口を噤む。

だけどすぐさま化粧品の瓶らを再び抱えて、私に押し付けてきた。

「これ、やっぱり全部差し上げますわ！」

「だから要らないってば」

「口止め料ですわ！　こんな惨めな姿、あなたにしか見せたことないんだから……」

「そんなものなくても、誰にも言わないよ」

そのとき、扉がノックされる。「もうお帰りですか？」と入ってくるのはお茶一式を用意してきたアニータの侍女だ。アニータはせっかく戻ってきたばかりの侍女にすぐさま新しい命令を飛ばしていた。

「ケーキも用意してちょうだい。彼女に化粧の仕方を教えるから。長丁場になるわ。約束は約束、魔術の訓練は明日からお願いします。まずはあなたの見た目をどうにかするほうが先決ですわ!!」

後半の言葉は、私に向かって。

アニータの侍女は彼女の性格を熟知しているのだろう。独りよがりな口調を嬉しそうな目で見つめている。

「かしこまりました。お嬢様とお客様の分、二つで宜しいですね？」

「ち、違いますわよ！」

侍女の言葉を否定して。アニータはこちらをチラチラ見ながら耳を真っ赤に染めていた。

「彼女はあたくしの友達ですわっ！」

2章　お姉ちゃんの涙

今までのわたしの一日は、朝早くから始まった。

自分の身支度に割(さ)ける時間なんて、顔を洗うくらいしかない。すぐに給湯室で紅茶を入れて、双子の姉ネリアの部屋に持っていく。寝起きが悪いネリアをなんとか起こしながら、彼女が紅茶を飲んでいる間に今日着る制服の手入れ。それが終われば食堂から朝食を運んできて、彼女が食べている間に、前日のネリアの宿題をチェックする。食事が終わったら彼女の身支度だ。着替えを手伝い、髪を毎日かわいくアレンジする。

そして各々午前の授業を受けては——昼休みはまたネリアの食事の給仕から始まる。食事の間にネリアが勝手に引き受けた雑用を片付けたり、わたしが受けた雑用を片付けたり。

午後の授業が終わり、放課後も似たようなものだ。自分の宿題とネリアの分の宿題。他にもネリアから何か頼まれれば、それもこなして……夜はネリアの入浴の手伝いの後に、マッサージや髪の手入れを念入りに施(ほどこ)して。自分の時間なんて、図書室で借りた本を数ページ読めるかどうかくらい。毎日倒れるように眠っては、あっという間に朝が来る。

そんな毎日の中で、自分の見た目なんて気にする余裕がなかった。

たとえ魔力がなくても、魔術の勉強は楽しかった。自分で扱えなくても、その仕組みや魔術式を解読するだけでワクワクするのだ。そんな楽しい勉強をさせてもらえるだけで、十分わたしは幸せだ。

――そう、わたしは幸せなんだ……。

ボサボサの髪でも。よれよれの制服でも。ひび割れた手でも。
少しでも、楽しい勉強ができるだけで、幸せなんだ。
だってわたしは、『魔力なし』の『枯草令嬢』なんだから――

「よし、これで最後――」
私は長い前髪をバッサリとハサミで切り落とす。
アニータの厚意に甘えて今どきのお手入れ法や化粧の方法を教わったけど、なんやかんや一晩かかってしまった。睡眠不足がお肌への大敵って言うけどね。こちとら中身は八〇〇年寝ていたようなものだから、そこで帳消しにしてもらいたい。
さて、朝日も昇って通学の時間である。だけどその前にご飯くらい食べたい。昨晩はアニータの侍女が私の分まで運んできてくれたけど、侍女のいない生徒は自分で食堂まで行って食べるらしい。

『腹が減っては戦はできぬ』ってね」

八〇〇年前の格言を胸に、私は狭くて本だらけの部屋から飛び出そうとしたときだった。

(誰……!? この前髪ぱっつん、誰!?)

「あら、起きたの？」

心の中から発せられた驚きの声に苦笑する。どうやら私のお姫様が目覚めたようだ。

私は同じように意識を心の中に落として、彼女に話しかける。

(おはよう。体調……心の調子はどうかな？)

(えっ、なんであなたの声が――)

(そりゃあ同じ体を使わせてもらっているんだもの。念話くらいできるよ)

(あの……えーと……)

私の中の女の子、シシリー＝トラバスタは未だ私に憑依されているという実感がないらしい。まぁ、仕方ないよね。ゆっくりと慣れていってもらうしか。

(とりあえず、昨日あったことを簡単に説明しておくね)

そう前置きしてから、私は話す。

とりあえず階段から突き落とした女の子たちは『お話』するまでもなく逃げて行ったこと。

怪我したところを同じクラスのアイヴィン＝ダールが助けてくれたこと。

魔術実技の課題もアイヴィンの手を借りて十分な結果を出したこと。

婚約者らしい男の子には婚約破棄……ならずとも保留であると宣言したこと。

隣の席のアニータとは友達になったこと。

彼女の協力も得て、見た目をできるだけ整えてみたこと。

それらを掻い摘んだだけなのに、シシリーは青白い顔をしていた。

(ひえ……なんでたったの半日で……そんな……)

(いやぁ、やっぱり学校って楽しいね！　毎日こんなイベント目白押しとかワクワクしちゃう！　それで見て見て、まだ肌のひび割れまでは完治しないけど、だいぶ整えてみたつもりなんだ！)

(だからなんで前髪……これじゃあ、顔が……)

混乱したシシリーの一番の問題は、眉の上でばっさり切りそろえた前髪らしい。

元からかわいい顔立ちしているんだから、隠す必要ないと思うんだけどね。まぁ、切ってしまったものはすぐに戻らないので、嫌でも暫くのあいだ辛抱してもらうしかないけれど。

(ふふっ、かわいいね？)

でも反省はしていない。だって、これでも婚約者への発言とか色々先走りすぎたかと心配してたんだけど……一番気になるところが自分の見た目なんだね。やっぱりちゃんと女の子なんだ。

それじゃあ、これからウンとかわいくしてあげなきゃ。

体も大切に使おう……と、まだガサガサしている手を撫でながら、私はシシリーに尋ねる。

(体はまだ私が使っていてもいいのかな？　戻りたいならいつでも返すよ。無理強いできることじゃないからね)

(あの……それは……)

無理しなくていい。また自分で生きたいと思うまで、ゆっくり休めばいい。

いつか羨ましくなるくらい、めちゃくちゃ楽しい青春を過ごしてみせるから。

だから言いよどむシシリーに、私は小さく微笑む。

(言ってくれれば、いつでも返すから。遠慮しないでね!)

そう言い残して、私は意識を現実へと戻す。

「それじゃあ、ご飯を食べに行かなくっちゃ!」

今日の朝食はなんだろうか。昨晩は大豆という豆からできたハンバーグだった。八〇〇年で進化した料理の味には頬が蕩(とろ)けそうで……今朝は何が食べられるのかとワクワクしながら食堂へと向かう。

するとなぜだか、その入り口に仁王立ちで待っている女の子がいた。

緑色の髪が不格好に結われている。少しきついけど整った目鼻立ちはわりとかわいい。

どこか見覚えがあるなと思っていると……私の中のシシリーが怯えだす。

(朝食を……わたしが届けなかったからだ……)

(ふーん。知り合いなんだね)

ならば挨拶をしなければと「おはよー」と手を振ってみる。

だけど彼女は扇で口元を隠しながらも、あからさまにおかんむりだった。

「何が『おはよう』なのよ! 昨晩も今朝もわたくしに食事を運んでこないなんてどういうつもり!? パパに言いつけられたいの!?」

「あら、私は学生であって誰かの従者じゃないはずだけど」

実際に私が着ているのは学校の制服だし。昨日も教室に自分の席があった。

つまりそれは何より『シシリー＝トラバスタ』が学生であるという証拠であり、自分の世話こそすれど他人の世話をする必要はないという証明になると思うのだけど……。

心の中のシシリーは今にも泣きそうに震えていた。

（ダメ……！　ネリアにそんなこと言っちゃダメ！）

（そもそも誰かな、このネリアって）

（姉……わたしの双子の姉です……）

うん。やっぱりすぐに交友関係を本人に確認できると、すごくラク。

双子の姉にこき使われているって聞いたけど……案の定、とっても愉快なことを口にしてくれるね。

「生意気な！　あんたはわたくしの世話をするために入学させてもらえた恩義を忘れたの？　きちんと義務は果たしなさいっ!!　それに何よその前髪は……陰気臭い顔を晒さないでくれる!?」

えーと、ツッコみどころが満載だね？

とりあえずシシリーも起きていることだし、代わりに言い返してみようか。

キャンキャン吠えてるだけの子犬ちゃん、何も怖がる必要ないんだよって。

「なんで私がお姉ちゃんのために、そんなことしなきゃいけないのかな？」

私の発言に、ネリアというシシリーの姉がこめかみをぴくぴく動かしていた。

ふ～ん。この程度で目くじら立てちゃうなんてかわいいことかわいいこと。

もっといじってあげたくなっちゃうかな！

「まず、なぜ私が入学させてもらえたことを親に感謝しないといけないのかな？　あー、もちろん学費の面などで迷惑をかけてないってわけじゃないけど……それはお姉ちゃんも一緒だよね？　お姉ちゃんは『恩義』なんて仰々(ぎょうぎょう)しい言葉が似合うほど、何か親孝行してあげているのかな？」

私の笑顔の指摘に、ネリアはハッとしてから嬉しそうに答える。

「そ、それはわたくしというかわいい娘が、この世にいるだけで親孝行なのよ！」

「スゴイ……いや、本当にスゴイね、その自信。コテンパンに言い負かしてあげようかと思ったけど、ちょっと好きになりかけちゃったよ」

思った以上の前向き発言に、思わず感服しかけてしまうけど。

それじゃあシシリーが浮かばれないので、もう少し彼女のことを知ってみよう。

「それはそうとしても、なぜ私のことをそんな見下せるの？」

「あんたが『魔力なし』だからに決まっているでしょうが！　トラバスタ家の恥さらしっ!!」

「いや、恥さらしって言うなら、それを生んだ両親が悪くない？　ちなみに言えば、魔力の遺伝要素は昔から男性の血が影響しやすいって話だから、主に責めるなら父親かな」

「な……またどこの胡散臭い本を読んだのか知らないけど、パパに言えるものなら言ってみなさい！　また納屋でひと冬過ごさせられるわよ！」

昨日も同じような発言を聞いた気がするな。

でも……子供が親を好いているのはいいことだよね。とても微笑ましいことだ。

「父親溺愛(ファザコン)なんてかわいいね？」

「き〜っ！　何よ、あんたなんて『枯草』のくせに!!」

そしてネリアが扇を振りかぶる。あ、これは扇で殴られるやつかな。

閉じた扇で殴られたことは八〇〇年前もないなぁ。

ちょっと体験してみよう……あ、でもシシリーのかわいい顔に傷をつけられちゃうのは困る。

女の子の扇を払いのけるくらい、微量の魔力でも十分――と指を動かそうとしたときだった。迫りくる扇が目の前で止まってしまう。邪魔してくれちゃって……。

見上げると、私の頭上から見覚えのある顔が手を伸ばしていた。

「朝から姉妹喧嘩なんて、今日もトラバスタ家の双子は仲良しだね」

「あらアイヴィン。おはよう。今日もいつになく軽薄だね？」

「失礼だなぁ。きみ相手だけの特別だよ」

そうして私のこめかみに唇を落としてくるから「ハイハイ」と軽くいなしていると……ネリアが静かだ。視線を向けると、彼女が真っ赤な顔でわなわなと震えていた。

「どうしたの、お姉ちゃん？」

「噂には聞いていたけど……あんた、本当にアイヴィン様とお近付きに……？」

「お近付きというか、いい玩具にされているというか」

言いながらも小首を傾げれば、アイヴィンが苦笑してくる。

「容赦ないなぁ。昨日だってあんな熱烈に愛を伝えたというのに」

「熱烈って婚約者候補のやつ？　ちゃんと候補には入れてあるけど……」

だって、一応今の時代のエリートみたいだから。魔力の量や腕前は一流。見た目や清潔感も悪いわけでない。シシリーの好みを確認する前に選択肢から省くのはもったいないだろう。

そのとき、ふと離れた場所でこちらを窺っている少年の姿が見える。同じ緑のネクタイを結んだ地味な少年だ。栗色の野暮ったい髪に、アンバー色の瞳。身長はそれなりに高いようだけど、猫背で小さく見えていた。イジイジするタイプの男は個人的に好みではないのだが……今、捜しているのはシシリーのお相手である。何より魔力の質がイイ。すごくイイ。

「ねぇ、あの人はアイヴィンの友達なのかな？」

「ん？　……あぁ、まぁ友達……みたいなもの、かな」

なんともまぁ、歯切れの悪い答えだこと。

だけど……やっぱり魔力が綺麗だ。健やかな精神と肉体には健やかな魔力が宿るという。つまり、魔力が綺麗というだけでその人の性格と健康状態がある程度わかるのだ。……ある程度の賢者ならね。

「あ、あの……アイヴィン、様……？」

「ん？」

私が魔力の綺麗な地味男君に注視していると、どうもネリアがアイヴィンに声をかけたらしい。

モジモジした様子はとても愛らしいけれど……。

「良ければ、一緒に食事でも……いかがですか？」

「きみたちがくだらない喧嘩している間に食べてきたから」

うわぁ、容赦なく一蹴されてる……。

そしてそのまま「じゃあね」とアイヴィンは立ち去るようだ。なぜか私の腰に手を添えて。

そういやシシリーのお姉ちゃんことネリアは、アイヴィンのファンクラブ会員とかなんだっけ？

アイヴィンは迷惑がっているようだけど……なかなか辛辣な返しである。

別に性格が悪い子とて、八〇〇年前に生まれた私からしてみれば所詮は幼子。意中の人に拒否されて、泣きそうな顔をしているのを見てしまうと……可哀想とも思ってしまう。彼女のアイヴィンに寄せる想いは、私とシシリーに関係ないことだしね。所詮アイヴィンは候補の一人だ。

（…………いい気味）

だけど、私の心の中のシシリーがそう呟くのなら。

思わず、私は小さく笑った。

（シシリーが満足してくれたなら良かったよ）

（えっ？）

「何嬉しそうな顔してんの？」

せっかく私がシシリーと話していたのに、アイヴィンが邪魔してくる。

思わず、私は肩を竦めて代わりに口角をあげた。

「私の朝食を奪ったあなたが、購買でどんな豪華な物を買ってくれるのかなって」

「ははっ、喜んで奢らせていただきますよ。俺の女王様」

立ち去る私たちの後ろで、すすり泣く少女の声がする。

「教科書のここにも載っているんだけど、魔力にも相性があるの。引き合うもの。逆に反発するもの。だからその性質を感覚で掴むのが効率のいい方法なわけ」

そう説明しながら、私は自分の手の周りに作った光の蝶をパタパタと動かす。これは昨日の実技の復習だ。アニータは蝶に見惚れながらも、「むむ」と眉間にしわを寄せていた。

「急に感覚的なものを言われても難しいですわ。もっと属性値など数字でおっしゃってくださいまし」

「そう言われてもね～」

その属性値というのも、大昔に私が提唱した理論ではあるのだが。

うーん。どうも八〇〇年の間に細かくされちゃったようで、正直、言葉での説明が難しいという。

もっとなー、感覚的なものを想定していたんだけどなー。

「こうなりゃ、裏技を使おうか！」

そうして鞄から取り出すのは、一体のウサギ型パペット人形である。朝に購買で見かけて、ご飯ついでにアイヴィンに買ってもらったのだ。魔法の学校で売っている以上、ただのパペットと思うことなかれ。これもれっきとした魔法練習の道具であり、魔力を使って手足が動かせるように、内部に各属性の魔力石が入っているのである。

ま、かなり埃被っていたから、人気はないようなんだけどね。

「……それ、赤ちゃんをあやすための玩具ですわ」

「それは操り方が甘いんじゃないかなー」

そう言いながら、私はウサギさんパペットを動かし始める。最初はまずご挨拶から。それから跳んだり跳ねたりし始めたかと思えば、複雑怪奇な高速ダンスを披露する。

所詮は手足の短いウサギさんなので迫力なんぞ出ないけど、それでも私の巧みな魔力操作に、アニータは感嘆してくれたらしい。

「すごい……でも操作はともかく、よく魔力の少ないあなたで動かせるわね？」

「これもコツかな。埋め込まれた魔力石からの魔力で結合と分解を繰り返しているだけだから、私自身の魔力もごく少量で事足りるし」

簡単に言ってしまえば、少ない魔力をとっても効率よく使っているだけである。

でも、それを言ってしまえば『感覚で話されてもわからない！』って怒られるだけだし……。あー、昔もよくそれで怒られたなぁ。おまえは教えるのが下手すぎるって、めちゃくちゃ責められたっけ。

それをよく王族でもあり、同じ研究者仲間でもあった婚約者と揉めながらも……まぁ、最後はとんでもない罪を吹っ掛けられたのだが。

それらは全て終わったこと。八〇〇年後に生きるこの子たちには関係のない話。

私は目の前でパペットと真剣な顔で戯れだした友人に、私なりの助言をしようとしたときだった。

「そんなことより、アイヴィン様はまだ来ないの⁉」

放課後の人がいなくなった教室で、アニータと訓練することになったのは喜ばしいこと。

しかし……なぜいる、シシリー姉。

彼女はクラスも別だし、当然この勉強会に誘っていない。ちなみにアイヴィンも誘っていない。

それなのに堂々と化粧しながら文句を垂れるネリアに、先に口を尖らせたのはアニータだった。

「気が散りますの。部外者は出て行ってくださらないかしら？」

「あら、わたくしはシシリーの姉よ？　妹を監視する義務があるわ！」

監視するって……。シシリーをダシにするとしても、もうちょっと言葉を選べないのかな。

それに、何度まつげをクルンとさせれば気が済むのだろう。あの挟む道具、まぶたも挟んじゃいそうで見ているだけで怖いんだよね。

そう呆れていると、心の中のシシリーが謝ってくる。

（ごめんなさい。わたしの姉が嫌な思いをさせて……）

（別にあなたが悪いわけじゃないでしょ）

（でも……）

他に誰も聞こえないのに、言い淀むとか……。

気が弱いのか、何か姉から虐げられるのに理由があるのか。

どちらにしろシシリーとはまだ二日の付き合い。急に聞き出すような話ではないかな。

だから、私は他の話をする。

（そんなことより、私の名前は『ノーラ』だよ）

（えっ？）

（あなただけはちゃんと私の名前を呼んでよ。あなた以外……もう私を『ノーラ』と呼んでくれる人はいないんだから）

その意味を、シシリーが理解してくれているのかわからないけれど。

とりあえず現実が騒々しい。いつの間にか二人が姦しく喧嘩を始めたようだ。

「そもそも勉強する気がないならどこかへお行きなさい！」

「そっちがどこか行くべきでしょう！　わたくしのアイヴィン様をあんたまで横取りする気!?」

「はあ～!?　何をおっしゃっているのかさっぱり理解できませんわっ!!」

アニータに同感。私もさっぱりわからない。

そんな喧嘩の最中でも、ネリアからの命令は留まるところを知らないらしい。

「ほら、シシリー。早くこの邪魔者を追い払いなさい！」

「嫌だね。私が約束していたのはアニータなんだから。いなくなるのはお姉ちゃんのほうだよ」

だけど、その命令を私が聞く道理はない。

私の拒否に、ネリアはあからさまにイライラしていた。

「なら百歩譲って、早くアイヴィン様を連れてきなさいよ！」

「それも嫌。別に私はあの人に用件ないし」

たしかにカッコいいし、エリートらしいからシシリー姉が惚れるのもわからないでもない。だけど姉の恋路を応援してやるほど……シシリーにとって価値のある『姉』だとも思えないんだよね。

「わ、わたくしに歯向かうなんて一〇〇年早いわよ！」

「お生憎様。私とお姉ちゃんは双子なんだから、お姉ちゃんが一一七歳のとき、私も一一七歳だね。いやー、その頃にはお互い丸くなって、仲良くなれているといいねー」

ちなみにさっき授業で聞いたことなのだが、現代人の寿命は男女ともに八〇歳前後らしい。私ノーラの体は九〇歳。私が八〇〇年前に生み出した封印の技術は寿命という観点でもなかなかにすごかったらしい。さすが私。

「ちなみにシシリー。お昼の手紙はきちんと渡してくれたんでしょうね⁉」

「あー、あれ？　渡したことは渡したよ？」

「ア、アイヴィン様はなんて……？」

「……聞きたいの？」

ネリアが急に乙女の顔で頷いたので。

お姉ちゃんのご要望なら、私は話してさしあげましょう。

時は昼休みに遡る。アニータと食堂に行こうとしたときにネリアに呼び出されたのだ。その用件はアイヴィン様にラブレターを渡してほしいとのこと。聞けば授業中にしたためたらしい。

だから、私は言った。

『いや、お姉ちゃん。ちゃんと勉強しようよ』

『いいのよ、わたくしは勉強なんかしないでも！　それよりいいわね、わたくしの大事な大事な気持ちが籠っているんだから。きちんとアイヴィン様に手渡しするのよ⁉』

『そんな大事な手紙、私なんかが触っていいの？』

ニヤリと口角をあげて尋ねると、ネリアが固まった。

シシリーに渡せというのに、シシリーに触れられるのが嫌とは。なんたる傲慢。

だけど妙案を閃いたとばかりに華やかせた表情は、幼稚丸出しでかわいかった。

『わたくしのハンカチーフをあげる。これに包んで持ち運びなさい！　いい？　わたくしに感謝するのよ？　このハンカチーフを生涯の宝にするの！』

その後、そのハンカチーフに包んだ手紙をアイヴィンに渡そうとしたら、やっぱりハンカチーフのことを尋ねられて。こと細やかに全てを説明したら、彼は手紙を受け取ることなく指を鳴らした。開くことなく手紙を燃やしたのだ。

『きみが直接触れられないほどの汚物、俺も触りたくないんだよね』

だけど、とりあえず『私』の手が火傷の危機だったのは事実なわけで。

また購買で、一番お高いアイスを奢ってもらうことになったのだった。

「チョコレートがバキバキして美味しかったよ！」

回想終了。もちろん、それらの経緯を全てネリアに話したところ……。

ネリアはシクシク泣きだした。

「どうして……どうしてこんなにアイヴィン様に避けられなくてはいけないの……？」

「実の妹を虐めている女に好意を抱く人なんていなくないかな？」

「そんなっ！　だってシシリーは『魔力なし』なのよ!!　わたくしにこき使われてるからこそ今も生きていられるというのに!!」

いやぁ、そのポジティブ思考は本当すごい。しかも泣きながらもまだまつげをクルンとさせようとするのだから。その執念だけは尊敬するよ。うん。

本当に親の顔が見てみたい。一年の間に一回くらい実家に戻るだろうし、いつか見る機会もあるかな。どんな醜い魔力が見られるのか少しばかりワクワクしていると、なにやら教室の外が騒がしい。

足音が近づいてきたかと思えば、扉がガラッと開かれる。

そこに、渦中の美少年が現れた。

「アイヴィンさ……痛ッ!!」

(ネリアっ!!)

急に現れた意中の人に、ネリアは立ち上がろうとして……まぶたを道具で挟んでしまったらしい。

うわ、痛いだろうなぁ……。

私は自業自得と思うけど、心の中のシシリーは違うらしい。それなら仕方ないと、ネリアの怪我の具合を確認しようとしたときだった。

ネリアが突き飛ばされて尻餅をついていた。アイヴィンに押しのけられたようだ。いやー不憫だねぇ。だけどその直後、今度は私の腕がアイヴィンに掴み上げられる。

「盗んだ人形をどこへやった!?」

そう叫ぶ顔は、今までに見たことがないとても険しいものだった。

「お人形だなんて、ずいぶんかわいい趣味だね?」

掴まれた腕は痛いけど、制服越しだから痣ができるほどではない。

だから人形の行方を説いてくる学園の王子様に口角を上げれば、彼に舌打ちを返された。

「……場所を変えよう」

そう、アイヴィン＝ダールが指を鳴らせば。

少しの浮遊感と共に景色が変わる。転移魔術だね。窓の外を見やるに、ここも校舎の一角のようだ。

扉がない薄暗い小部屋。薬品独特の匂いに、おびただしい数のマネキン人形。足元で赤く光る魔法陣には転移の術式が刻まれている。その使用者の部分に描かれた文字は『アイヴィン＝ダール』。それらから推察するに、ここは学園内で彼が間借りしている研究室といったところだろう。部外者が簡単に入れないように、転移魔術以外では入れないようにしているようである。

「なかなかイイ趣味してるねー。ドールが専門なんだ？」

「本当は転移されたことに驚くとか、このドールを見て怖がるとか……そんな反応を期待してたんだけどな」

苦笑するやいなや、彼は胸元から小型のナイフを取り出す。腰を引き寄せられたかと思えば、その銀色の刃が首元に添えられた。私の喉が自然と「ヒュッ」と音を鳴らす。

「……天才魔術師さまがナイフなんて、芸が足りないんじゃない？」

「生憎、これでも効率主義なもんでね。人を脅すには刃物が一番効果的なんだよ」

そりゃあ、随分と場慣れしたお考えだこと。

その主義は嫌いじゃないけれど、たとえ『私（ノーラ）』が死んだとて、『この体（シシリー）』を殺させるわけにはいかない。

「キリングドールをどこへやった！　あれは世に出していいものじゃない」

だから、その冷たい問いかけに、私は慎重に答えた。

「知っらなーい！　自分の不始末を勝手に押し付けないでくれる？」

「はっ……この期（ご）に及んでシラを切るつもりかっ!!」

シラを切るもなにも、本当に何も知らないし。

ま、さしずめ彼からすれば、ここ数日で一番不審な人物が私だったのだろう。そりゃそーだよね。

ずっとウジウジしていた（らしい）枯草令嬢が、急にすくすく葉を伸ばして自己主張を始めたんだもの。彼が私の周りを付きまとっていたのも、その辺の調査も兼ねていたんじゃないかな。本当に外に流出したら大変なモノを研究していたようだものね？

私は首元のナイフを気にせず、顎に指を当てて周りのドールたちを見渡す。

「しかしキリングドールね……そんな物騒なもの研究して、戦争でも始めるつもり？」

殺人人形（キリングドール）——それは八〇〇年前にも研究・開発されていたが、すぐに打ち切られることになった人型人形兵器のことである。開発が中止になった理由はコスト面や耐久面などもあるが、一番の理由は道徳的な面が大きかったはずだ。

私の軽い問いかけに、アイヴィンの声は固い。

「研究の一貫で復元していたものだ。完成したのは三日前で、まだ研究所に報告もしてないから動作試験も何もしていない。だから攻撃性能や耐久性は低いはずだが……代わりに制御面も弱い」

「暴走してもすぐに壊れるだろうけど、ほぼ無力な生徒が多い学校じゃ短時間でも危ないってわけだね」

「そこまでわかっていてどういう魂胆（こんたん）だ！　学生を人質にとったテロが目的か!?」

「いやぁ、だから本当に何も知らないんだってばー。とりあえずさっさと他を探すべきだと思うよ？　私も手伝うから――」

　そのとき、爆音が鼓膜（こまく）を揺るがした。

　壁に空いた大穴。その先には女性型のドールが無機質な赤い相貌をギラギラさせている。

「あら、いい子だね。ちゃんと自分で戻ってきたよ」

「くそっ、おまえの狙いは俺か！」

「私じゃないけど、あなたも恨まれそうな性格してるよね？」

　だって一見女性好きの色男かと思えば、心にもない相手に対してはかなり容赦ないよね？

　いつの世も、愛と憎しみは紙一重的事件が尽きないものである。

　そんな戯言（ざれごと）を吐いていると、ドールの瞳が再び光りだす。八〇〇年前の言葉で例えるなら『目からビーム』。まさにそんな攻撃的な光線が床から私たちへと伸びてきて。

　ナイフを投げ捨てたアイヴィンが舌打ちと共に私に背を向けて両手を掲げた。光線が彼の手の前で形成された透明な盾に弾かれる。余波で燃えていくマネキンドールを見ると……あれらはただの物なのに、どうしても胸が苦しくなるね。

　だけどそんな感傷に浸る間もなく、私はアイヴィンに腕を引かれる。

「えっ？」

「マネキン共々心中するつもりか⁉　たとえ犯人だろうと、好みの女を無駄死にさせる趣味はないんでね。ちゃんと裁かれて牢に入ってくれ！」

「だから犯人は私じゃないからね？」

勘違いは甚だしいけど、どうやら私のことは守ってくれるらしい。

彼に連れられるがまま、キリングドールの横を通り抜けて外へ。そのままアイヴィンが向かうのはグラウンドだ。放課後の部活動中の生徒たちが迷惑そうにこちらを見るも――追ってきた人型破壊装置に悲鳴をあげて逃げていく。

「俺の背中から絶対に離れるなよ！」

そうして彼がブツブツと詠唱し始めた呪文は、私の知らないものだった。だけど使われるキーワードからして、かなり攻撃的な魔術だと窺える。一撃で終わらせるつもりなのだろう。

へぇ、その年齢ですごいねー。

これなら安心して任せられるだろうと、私はか弱いヒロインに徹しようとしたときだった。

「アイヴィン様あああ♡」

（ネリア……⁉）

その場違いの黄色い声に、心の中のシシリーがいち早く反応する。

彼女はなんて呑気なのか、今にも『目からビーム』しようとするドールに気付かず、手を振りながら女の子走りで近付いてくるではないか。

「ばかっ……！」

とっさに終わりかけていたアイヴィンの術が中断される。代わりにドールの首もギュインと動き、近付いていてきたネリアに向かって、目に集めていた魔力を放とうとして――

(――ダメっ!!)

(シシリー、やめなさいっ！)

私の体が勝手に走り出す。

慌てるアイヴィンの横を駆け抜け、ネリアを庇うかのように抱きついたかと思うと――背後で大きく膨らむ魔力の気配を感じた。

(なんでこんなやつを庇うの!?)

シシリーの意識が、私の意識を無視して体を動かした。

心の中でもはっきりとモノを言わない子だったのに。

そんな、彼女の強い想いが私の中に溢れてくる――……

それは、どこかの立派なお屋敷だった。

愕然と顔を真っ青にしている四、五歳の幼女の前で、父親が怒気を露わにしている。

『あぁ、嘆かわしい。どうして貴様の魔力はあんなに少ないんだ。本当に我が子とは思えん。双子のネリアはちゃんと人並み以上あったのに……トラバスタ家の恥さらしがっ!!』

父親のかけたお茶が、怯えた幼女にかかる。

だけど父親はもちろん、その隣で震えているだけの母親らしき女性も、周りで見ている使用人らも、誰も彼女に駆け寄ろうとしない。心配しようとしない。

震えた幼女は、ただただ父親の暴言に耐えていた。

『こんな「魔力なし」を我が家に置いておくなど……そうだ。病にでもかかって死んだことにしてしまおうか。実際にどこかの山に捨ててくるのもいいな』

『あなた……せめて修道院に出すとか……』

母親からの助け舟。だけど父親は母親にも手をあげる。

『バカが。ワシが娘を捨てたなどという噂が立ったらどうする！　始末するならなぁ、何も痕跡など残したらいけないに決まっているだろうが！　母親がそんなバカだから、こんな役に立たない子が生まれるんだろう――』

『役に立つもんっ！』

そのとき、部屋に入ってくるのはまた別の幼女。怯えている幼女と、髪の色や顔立ちが瓜二つの幼女だ。ただ大きな違いとして、この幼女のほうが見るからに自己主張が激しいということ。

『シシリーはわたくしの役に立つもん！　だってわたくしの妹だもん！　わたくしが……役に立たせるもん……だから……だから……！』

目から涙をポロポロと零して、妹のために声を荒らげる。

『パパが要らないなら、わたくしにシシリーをちょうだいっ!!』

あぁ、だからか……。

ネリアから発せられていた、謎のポジティブ感。それは自分が妹を守っているんだというプライドによるものだったのだろう。長い月日で、その優しさが悪い方向に向かってしまったようだけど。

それでも、シシリーはきっと嬉しかった。

親から捨てられそうになったとき、必死に守ってくれた双子の姉からの信用を守るために——今まで必死に、彼女のワガママに付いていったのだろう。

そうだよね。誰かに必要とされるって、嬉しいものね。

たとえ『稀代の悪女』と呼ばれて、そのまま朽ちていくだけの身だったとしても。

たとえ『枯草令嬢』と呼ばれるほど、身も心もボロボロになったとしても。

どんな無理をしたって、要望には応えたい。

それが己の存在意義となるなら。

それが自分の生きた証となるなら。

(それでも個人的に、あの姉を擁護(ようご)する気にはならないんだけどね)

実際、姉にいいように使われていたのは事実だし、シシリー自身も泣く姉に対して『いい気味』と思うくらい、二人の関係は歪んでいたのだ。その原因は間違いなくネリアの自惚れにほかならない。

それに……私には姉妹どころか親すら存在しなかったからね。

その上、これから家族になってくれるだろう相手に裏切られたのだ。

そんな私が、姉からの愛情に縋るシシリーの気持ちがわかるなんて、安易に言ってはいけない。だから、私はただ自分で見て聞いた事実だけで、ネリアが悪いと言わせてもらうよ。アニータらが言っていたように、第三者から見ても姉から虐げられていたのは事実なのだから。

（けど……けどね？）

圧倒的な熱量が迫る刹那で、私はシシリーに口角を上げさせる。

（そうやって必死に縋るあなたが、私は愛しくて愛しくて仕方ないよ）

魔力は異質であるほど惹かれ合う。

だから死にゆく私にシシリーの声が届いたのは、私たちの性質がまるで正反対だったから。

良かった。私が『稀代の悪女』で良かった。

だからこそ、私は今、この場に居合わせることができたのだから。

（だからその願い、私が叶えてあげる！）

愛しい愛しい、愚かでかわいい幼子へ。

今から『稀代の悪女』が祝福を授けようではないか。

（――来い、私の魔力！）

手を掲げ、呼び寄せるのは『私』の魔力。

あのヨレヨレ九〇歳の体から魔力を取り出すなんて……まさに自殺行為だね。それでも、私に後悔はない。八〇〇年前に潰(つい)えていたはずの命なんて、いくらでも使ってあげる。

いつもより少し強いシシリーの魔力。

それを媒体に、私の魔力を呼び寄せて——私は大熱量をこの手の中に吸収した。

「なっ……!?」

驚きの声をあげるのは、現在の天才アイヴィン＝ダール。攻撃を跳ね返すのではなく、吸収する。

そのすごさをわかってくれるのも、彼が天才ゆえなんだろうけど。

「機嫌がいいから見せてあげるよ」

私は放課後のオレンジに染まりだした空に、巨大な魔法陣を想像した。

想像を可視化させるのが魔法だ。だから私はイメージする。

その魔法陣から、天の裁きのごとく巨大な雷槌(いかづち)がくだされる光景を。

「私のかわいい体に傷つけようなんて八〇〇年早いっ！」

刹那、世界が真っ白に染まる。

強すぎる光と衝撃を、人の視界と鼓膜が受け入れることができなかったのだ。

だけど、それは一瞬のこと。すぐさま砂煙と轟音がグラウンド、いや学校敷地内を広がっていく。

砂塵が開けた跡に、人形は欠片となって砕け散っていた。

『私(シシリー)』の髪が風になびく。『私(ノーラ)』の魔力でより菫色に染まった髪を掻きあげて。

私は後ろで呆然と座り込んでいる少女に口角を上げた。

「かわいい妹も役に立つでしょ、大好きなお姉ちゃん？」

「あ……当たり前よ！　あんたはわたくしの妹なんだから!!」

だけどやっぱり、目からポロポロと涙を零すネリアの減らず口は変わらないらしい。

一周回って、私も尊敬するよ。お姉ちゃん。


そのあとはちょっと大変だった。

もうキリングドールどころの話ではない。少々魔法の加減を間違ったようで、校舎の一部が壊れてしまったのだ。教師たちが集まり、状況説明を求められる中で――結局助けてくれたのはアイヴィン＝ダールだった。

「すみません。実験中のドールが暴走し、俺が鎮圧しました」

謝罪したのち、彼は責任を取ると修繕作業を一人で行うことになったらしい。本当は手伝わなきゃいけないような気がしないでもないんだけどね。調子に乗ったのは私だ。

だけどそれを申し出たところ、アイヴィンから睨まれた。

「『魔力なし』の『枯草令嬢』が、歴史的建造物の修繕という高等魔術も使いこなせると？」

……えぇ、愛想笑いで発言を撤回しましたとも。

だけどせめて、バラバラになったドールの欠片だけでも集めないと。私はアイヴィンに犯人扱いされたことを根に持っているのだ。ドールの残留魔力を調べたら、犯人の痕跡がわかるかもしれない。

しかし視線を向ければ、その欠片を袋に詰めている黒いフードを被った男。背丈は高いようだが、一瞬見えた青白い肌の様子からして、それなりの老年だろうか。

そんな男が私の視線に気付くやいなや、忽然と消える。どこかへ転移したのだ。

「あっ！」

私が声をあげたときには時すでに遅し。

盗人の姿は、ドールの欠片と共に消えていて。その姿を、アイヴィンもきちんと見ていたようだ。

私はその姿のいた場所を指さしながら、半眼を向ける。

「私じゃないよね？」

「……すまない」

「私、冤罪って大っ嫌いなんだけど？」

「後でなんでも言うこと聞くから……許して？」

とりあえず、私の無実だけは無事証明できたようである。

これにてハッピーエンド……かな？

（まったく、とんだ災難だったね！）

その夜、私は寮のベッドに倒れると同時に、心の中のシシリーに話しかける。

せっかくのアニータとの勉強会も中途半端になってしまった。これも全部アイヴィンのせいだ。この借りをどう返してもらおうか……そんなことを考えていると、シシリーから言葉が返ってくる。

（ネリアのこと、助けてくれてありがとうございました）

（敬語は要らないよ。やり直し）

（あの……ありがとう？）

そんな意地悪を言いながらも、私は肩を竦める。

（そもそも、あなたにお礼を言われる筋合いもないんだけどね）

（えっ？）

（だってお姉ちゃんを助けようとしたのは、あなたじゃない）

（………）

（私はほんのちょっとだけ、手を貸しただけだよ）

――この子は、きっと大丈夫。

今日のことで強い確信を得た。なんせ一瞬とはいえ、彼女の意識が私の意識を上回ったのだ。意識の強さは、そのまま魔力の強さにつながる。

だから、私は愚かでかわいい愛し子に告げる。

「『稀代の悪女』が保証するよ――あなたはきっといい魔術師になる」

そのときだった。窓がガタガタと揺れる。風じゃ……ないね。少し警戒しながら起き上がり、そっとカーテンを開けると、窓の外で顔だけはいい美青年が片手を上げている。

私はガラッと窓を開けた。ここは四階。浮遊魔術で浮かんでいるアイヴィンを私は鼻で笑う。

「私を夜這いしようとはいい度胸だね？」

「もう少しときめいてほしいんだけどな～」

「怖がる、の間違いじゃなくて？」

「違いない……今日のことを説明するのが筋かと思ってね」

入ってもいいかい、と訊いてくるアイヴィンに肩を竦めつつ。

私が場所を空ければ、彼は遠慮なく部屋に入って勉強机に腰をかける。

そんな彼に私から質問した。

「校舎の修繕は終わったの？」

「あぁ、今しがたね。流石に疲れたよ。今日はここで寝てもいいかな？」

「今すぐ泣き叫んで寮母を呼んできていいならいいよ？」

間髪を容れず条件付きで許可すれば、彼はまったく傷ついた様子なく苦笑して。

そして本題へと入るようだ。

「あの盗まれたドールは近年発掘された古い部品で復元したものだったんだ」

「古いって何年くらい前？」

「それこそ八〇〇年……『稀代の魔女』が世界を滅ぼそうとしたといわれた時代の頃かな？」

意味深な笑みが、見透かされているようで怖い。

だけど証拠は何もないはずなので、私は知らぬ存ぜぬ会話を続ける。

「そもそも、そんな物騒な研究を学校でしないでほしいものだね。どうして許可が下りたのかも理解できないよ」

「当然、普段は安全管理に最大限の注意を払っているよ。それに俺は好きで学校なんかに通っているわけじゃない。所長の命令で、仕方なく学生をやらされているだけで——本当なら、研究に専念したいんだ。だから、学校でも研究を続けさせてもらうというのがせめてもの妥協点だったわけ」

あら、意外にも意外。根っからの研究者体質だったんだね。てっきり女を引っかえ取っかえして青春を満喫しているタイプなのかと思ってたよ。

現に、彼はいつもの浮ついた様子と打って変わって真面目な顔を見せてくる。

「だけど、あれはまだ起動するには早い代物（しろもの）だった。起動どころかキリング化するなんて……何か強い魔力の影響を受けたとしか思えなくて……」

真剣に悩みだした彼から、私は視線を逸らす。

……もしかして、私が原因？

八〇〇年前、たしかに『私（ノーラ＝ノーズ）』は医療研究の一環でドール開発にも携わっていた。当時は使用者の魔力を動力にしようとしていた時期もあり、私も起動実験として協力したこともあるわけで……。

だから微量とはいえ、『私（ノーラ）』の魔力が暴走に繋がってしまったとしたら？

それ以上は考えてはいけないことである。話を変えよう。

「で、結局犯人は？　転移場所の特定はできなかったの？」

「できなかった。痕跡も残さず転移するなんて、それこそ俺クラスの魔術師じゃないと無理な話だ。きみは信じてくれないかもしれないけど、俺はかなりの天才でね。それこそ二〇〇〇年ぶりの賢者が誕生するんじゃないかと期待されているんだよ」

「へぇ、それはスゴーイ」

まぁ、私は『大』賢者でしたけども。

内心そんな虚栄を張っていると、彼が腰を上げる。

そして、そのまま近づいてきては……私の顎を指先で上げた。

「ねぇ……きみは本当に誰なの？」

「だからシシリー＝トラバスタ以外の何者にも見えないでしょう？」

「誤魔化(ごまか)すのもいい加減諦めたら？」

アイヴィンの細めた瞳の奥は笑っていない。

もっとちゃんと隠すべきだったのかなぁ、と反省する。

八〇〇年間の鬱憤(うっぷん)を晴らすべく……ちょっと自由を満喫しすぎたね。とても楽しかった。

たったの二日間でも、八〇〇年閉じこもっていた甲斐があると思ったほどだ。

だから――もう終わってもいい心地で大魔法を放ったのに。

まだ、『私(ノーラ＝ノーズ)』の命は潰えていないようだから。

閉じていた目を開けて、私から彼の頬に口づけしてやる。

かわいい天才くんへの細やかな復讐だ。保健室で首にされたことあるからね。

「『枯草令嬢』に八〇〇年前の『稀代の悪女』が憑依しているなんて聞いて、次代の賢者さまはどうするつもりなのかな？」

「『稀代の悪女』ってノーラ＝ノーズのこと？」

目を丸くしたアイヴィンを見て、ふと思う。

あー、この子は猫に似ているんだ。猫はね、前世でも少しだけ面倒見ていたことあったよ。私なりに一生懸命面倒見ていたつもりだったんだけどね。いつの間にかどこかへ行っちゃった。……死に際、猫が行方を眩ますという習性があると知ったのは、結構経ったあとのこと。

できることなら、私は猫のように消えたい。

「どうにもできないでしょう？　だったらお互いこのことは忘れましょ？」

そう挨拶してから、私は両手を叩く。するとアイヴィンの足元に現れるのは転送の魔法陣。彼の研究室に描いてあったのをね、覚えちゃった。シシリーの魔力でもこのくらいのことはできるようになったし、明日からはもっと楽しく学生生活が送れそうである。

どんどん光が増す魔法陣の中で、アイヴィンが狼狽えているけれど。

消えゆく彼に、私はにんまりと笑うだけ。

「明日からもクラスメイトとして、どーぞよろしく」

そして、翌朝。

「シシリー！　今朝もわたくしの食事を持ってこないとはどういうこと!?」

「いや、昨日も喧嘩したんだから諦めてお姉ちゃんも食堂で食べようよ」

もちろん、私はネリアの面倒なんか見てあげない。

「シシリー！　今日こそアイヴィン様とのお茶会をセッティングするのよ！」

「待ち合わせの言付けなら構わないけど、来てくれなくても知らないからね？」

案の定、彼女は夕陽が沈むまでずっと一人であずまやに座っていたらしい。

「シシリー！　明日の試験はわかっているでしょうね⁉」

「いや、何も知らないよ？」

シシリーに訊いてみれば、毎回試験はクラスバラバラで受けることを利用して、シシリーが双子の姉に変装&代筆をしていたらしい。シシリーの分はネリアが受けたり、それすら面倒なときは欠席扱いされたりしていたというが――当然、私は答案用紙に『シシリー＝トラバスタ』と書くわけで。

しかも、

（はい、あとは頑張ってね？）

（えっ⁉）

私が試験を受けたら、それこそお姉ちゃんと同じになっちゃうよね？

試験中は誰とも話す必要はないんだし、体の自由をシシリーと交換する。始めは狼狽えていたけど……一度ペンを動かし始めたら、最後まで止まることはなかった。

どうやらシシリーという少女は、学力も申し分ないらしい。

とても将来が楽しみだ。私は試験時間中、久々にお昼寝でもすることにする。

そして、後日談。

なぜか『シシリー＝トラバスタ』と記名した生徒が二名いたとのことで、当人のシシリーと答案用紙がなかったネリアが先生に呼び出された。過去の代筆をしたほうにも責任を問われると困るので、私のほうから二人きりの『再試験』の提案をした結果——見事、シシリーは満点に近い成績を取り、ネリアはボロボロの結果となったという。これから当分、放課後は補講だらけの日々になるそうだ。

「シシリー！　今日の補講は代わりに受けなさい！」

「行くわけないでしょー」

「あんた、わたくしに逆らうなんて——」

やっぱり今までと変わったことを学んでくれないネリアに、私はとうとう耳打ちする。

「別に今までの代筆の件、ぜ〜んぶ先生に話してもいいんだよ？」

「えっ？」

「親の呼び出し？　謹慎で済むかな？　正直数が数だから退学は免れないだろうね。あーあ、パパの反応が楽しみだねぇ。今までかわいがられていた分……パパは泣くかな？　怒るかな？」

すると、ネリアは今までで一番真剣な顔を向けてくる。

「あんた、恩を仇で返すつもりじゃ——」

「もちろんそんなことしないよ？　これからも一蓮托生で頑張ろうね、お姉ちゃん♡」

「い……いやああああああ！」

補講頑張ってねー、とヒラヒラ手を振りながら、私はシシリーに訊いてみる。

（あのばかを助けなきゃ良かったとか、後悔しないの？）

その素朴な質問に、私は初めてシシリーの陽気な声を聴いた。

（正直好きとは言えないけど、死んでほしいとも思わないですよ）

（ふーん……とりあえず敬語、いい加減やめてね？）

（すみません……あ。）

どうやら姉妹の関係性は、魔法の研究より複雑らしい。

その難問を解き明かせる日は、まだまだ先のようである。

部活動なんて、わたしとは無縁のものだった。
ネリアの世話ばかりで、まともに自分の時間をとれないのに……。
見た目もボロボロのわたしに話しかけてくれる人なんていない。
たまに隣の席の人から「今日も辛気臭いですわね」と怖いことを言われるくらい。
そもそも……ネリア以外の同世代の子たちと、まともに話したことないし……。

だから、わたしはいつも窓から眺めていた。
放課後に楽しそうに運動する同世代の人たちを。
友達と楽しそうに何かに取り組む人たちを。
自分の好きなことを、同じ趣味の人と共有する人たちを。
別世界の光景を、ただただ羨ましいと――ずっと、わたしは眺めていただけだった。

「意中の女性を口説かないのも、興味のない女性に優しくするのも、両方失礼な話だろう？」

あれからもアイヴィン＝ダールの様子に変化はなかった。

私を見かければ甘い言葉を吐き、他の令嬢らに声をかけられたら素っ気ない。

私がシシリーの体を借りるようになって二週間。その日も登校時にたまたま昇降口で会い、なんとなくの流れで教室まで一緒することになって。上記の理由の是非を問うた返答が、先の言葉である。

「こないだ言ったこと、覚えているよね？」

それは当然、『私（ノーラ）』がシシリーに憑依していることだ。

信じるにしろ、信じないしろ。どのみち距離を置くようになるのが人間の性（さが）だと思っていたが。

どうも彼は根っからの研究者らしい。

「より興味が湧いた」

「そりゃそーですか」

にんまりしたアイヴィンに肩を竦めれば、彼は「そうそう」と話を変えてきた。

「今日ね、転校生が来るんだって」

自己紹介の声はとても小さかった。

「……ハナ＝フィールドです。よろしくお願いします」

黄色みがかった肌の色に特徴がある少女だった。いや、肌の色だけじゃないかな。その名前しかり、やたらレンズに厚みのある眼鏡しかり、黒にほど近い紫髪を三つ編みしているという髪型しかり。スカートの丈も他の生徒らより長く、肌の露出は顔以外にほとんどない。

そんな地味……というより、野暮ったいという印象を受ける少女がそれだけ挨拶すると、すぐに先生に案内された席に座っていた。先生の話曰く、突如異国から引っ越してくることになった少女らしい。両親が急死してしまったことにより、本国の血縁を頼ってきたのだそうだ。

授業中、私は窓際の彼女をチラチラと観察する。

慣れない異国の地。両親が亡くなってしまったこともあって、とても心細かろう。印象からして引っ込み思案なのならば……シシリー同様、どうも他人とは思えない。

（ねぇ、シシリー。あの子とかどう？）

（どうって何が……かな？）

（ふふっ。あなたのお友達にってこと）

アニータもいい子だけど、どうもシシリーからすればハッキリものを言う子はまだ怖いらしい。だったら同じような印象の子と仲良くなるのはどうかと思った次第である。

だけど、シシリーは難色を示した。

（あの……無理に交友関係を増やさなくても……）

（だって卒業するまでにあなたの親友を見つけるって約束でしょ？　一年なんてあっという間なんだし……それに友達なんて何人いてもいいと思わない？）

八〇〇年前には『ともだちは一〇〇人つくろう！』なんて歌もあったくらいだ。クラスメイトと仲良くなることが先決なのだろうが……話しかけてもやんわり逃げられるのだ。なぜなのか。

だから新しい人ならば――と、私は午前の授業が終わる早々、ハナという転校生に話しかけに行く。

「ねぇ、ハナちゃん。私とお友達になってくれない？」

「結構です」

「そんなこと言わないでさ。私も今おしゃれを勉強しているの。一緒にどうかなって思って」

「興味ありません」

「それじゃあ、せめてお昼ご飯でも一緒にどうかな？　あなたのこと知りた――」

「私は知ってもらいたくありません。二度と話しかけないでください」

私は食堂で項垂（うなだ）れていた。

「……私の何が悪かったんだと思う？」

「あなた、友達を作ったことないでしょう？」

アニータは今日も私に手厳しい。だけど、私は知っている。

「あるよ。目の前に第一号がいるもの」

そう指をさせば、彼女が顔を真っ赤に染め上げることを。

あー、今日も私の友達がとても愛（う）い。

……と、それはともかく。

私は落ち込んでいた。そんなにシシリーはダメかな。だいぶ肌の手入れも行き届いてきたし、きちんと枝毛も切ったし、このあいだ制服もアニータが入学当初だけ着ていたという、アレンジしていない綺麗なおさがりを貰ったのだ。

どこからどう見ても、普通にかわいいご令嬢になれたかと思ったのに……。

私が落ち込んでいると、アニータがお水を飲んでから告げてきた。

「いきなり『あなたダサいですよ』と言われて機嫌よくなる人がいると思いますの？」

「私、そんなこと言ってないよ」

「『おしゃれを勉強しよう』という発言が同義だと言ってますの。あと、そもそも『ちゃん』呼びなんて何歳のつもり？　そんなでは社交界で誰にも相手にされないのが目に見えてますわ」

あーそうか。シシリーもお貴族だから、社交界というやつの対策もしておかないとなのか。

マナーとダンス……かな。王族入りする予定だったから多少の知識はあるけど……ちょっと今はそっちまで考える余力がない。実をいうと、八〇〇年前も冤罪で封印されたこと以外は、『失敗』と無縁の人生だったのだ。まさか、こんなところで初めての挫折をするとは……。

そんな落ち込んでいる友人に、アニータは残酷だった。

「あ、今日の放課後の勉強会はキャンセルさせてくださいますか？　あたくしも勉強はしたいのですが、今週はずっと厳しいかと思います」

「え、なんで!?」

アニータまで私を捨てるというの!?

思わず身を乗り出せば、アニータも少し気まずそうな顔をしていた。

「部活の助っ人に呼ばれてますの。二年生で辞めたつもりだったのですがね。新入生が慣れるまで、特別に指導に入ってほしいと頼まれてしまいまして」

「ぶかつ……？」

「姉の世話に追われていたあなたには無縁だったかもしれないわね……」

私が復活して二週間程度だが、春を迎えて三週間くらいである。

話によれば、今は学園生活に慣れた生徒たちが正式に部活動に入部する時期だとか。勉強のため早めに引退したとのことだが、アニータも去年までは『魔導テニス部』のエースとして活躍していたとのこと。

部活――たしかに、『青春』といえば部活動っていう気もするね。

それに、部活に入れば必然的に知り合いも増える。

さすれば、シシリーの友人候補も見つかるのでは？

「よし、私も部活を始めてみようかな！」

「……………無理のない範囲をおすすめしますわ」

私の熱い意気込みに、アニータはなぜか小さく嘆息していた。

（よりにもよって、なんで演劇部なの!?）

（昔一度だけ歌劇を観たことがあってね？　そのときの歌姫にひどく感動したの）

もちろん八〇〇年前に活躍した歌姫なんて、今存命しているはずがないけれど。それでも、どうせ刹那の青春を体験できるなら、あのとき自然としていた拍手を、自分でも受けてみたい。

（それにシシリーが歌姫になれば、ファンクラブとかできちゃうかもよ？）

（いらないよ、そんなの！）

そしたら一気に友達一〇〇人獲得である。

それに、私を通じてでも舞台に立てば、彼女の小心も多少は良くなるかもしれないしね。

そんな一石三鳥のもと、アニータから聞いた演劇部の部室へ向かってみれば……そこには大勢の行列ができていた。

「出演希望者は整列してー！　審査は今から始まっているからねー。待機時間だからって油断しちゃだめだよー」

そう声をかける男子生徒が掲げるプラカードには『新入生披露観劇会オーディションはこちら』と描かれている。なんていいタイミングなのかな！

「お仕事中に失礼するね。入部希望は新入生じゃなくても大丈夫なのかな？」

「あなたは三年の……まぁ、入部に学年の制限はかけてないですけど……先輩も興味あるんですか？」

流石の私も覚えてきたよ。青い制服の彼は二年生。赤い制服は一年生みたいだね。現に整列している生徒のほとんどが赤い制服だ。数人青い制服もいるけど……あれ、あの緑の制服は……？

「よし、絶対に合格する！」

私が向けた視線の先を、プラカード君も気が付いたらしい。

「先輩の友達ですか？」

「友達になろうとして……思いっきりフラれたんだよね」

「えっ……」

そう、新入生に交じって並ぶ三年生の彼女を見間違えるはずがない。

地味な三つ編み。分厚い眼鏡。長いスカート。お昼に話しかけて玉砕（ぎょくさい）した転校生のハナ＝フィールドである。……彼女も演劇に興味があるのか。これはやっぱり友達になる運命なのでは？

私は列に並ぶ前に、彼女の肩を叩く。

「ハナちゃん、一緒に頑張ろうね！」

するとハナちゃんはめちゃくちゃ嫌そうに眉をひそめながら「頑張らないほうがいいと思いますよ」とエールを送ってくれた。うん、応援だよね。私は前向きに解釈しておく。

並んだタイミングが遅かったせいか、私のオーディションは最後の方になった。五人ずつ審査しているようで、私以外の四人はみんな一年生だ。自己紹介で噛んでしまったり、歌唱の声が小さかったり……これぞ新入生。みんなかわいいね。だけど審査員の現役演劇部の人らはとても真剣なようで、ずっと険しい顔をしている。だから余計に新入生が萎縮しちゃうんじゃないかな。

その中で、自己紹介が噛み噛みだった少女が歌いだしたとき――場の雰囲気が変わった。

澄んだ声が、まるで砂漠に落ちた一滴の水のように心に染みわたる。その歌声は、私が八〇〇年前に聴いた歌姫の声と遜色ないほど美しい。

彼女が歌い終わったとき、誰よりも大きな拍手を送ったのが私だった。こちらを見てはにかむ顔がさらに愛らしく……私が審査員だったら、間違いなく彼女を劇のヒロインに選ぶだろう。

ま、私は今から彼女を上回る必要があるわけだけど。

（ノーラは……歌えるの？）

（声が出るなら誰でも歌えるものでしょ？）

（えっ？）

そんなこんなで、私の番である。

「三年、シシリー＝トラバスタです。部活動に貢献できる時間は少ないけど、誰よりもやる気はあります！　公平な審査をよろしくお願いします！」

審査員にはきちんと礼儀を。

私が頭を下げると、部長らしき少年が「勿論、学年で忖度するつもりはありません。トラバスタ嬢の歌声、楽しみにしてますね」と真摯に言葉を返してくれる。同じ緑色の制服だけどクラスは違う少年だ。シシリーの悪名も知っているだろうに紳士だね。婚約者候補の一人に入れておこう。

心のメモ帳に記入してから、私は大きく息を吸った。

審査は自由曲で行われる。だから私が歌うのは——八〇〇年前に聴いた、歌姫が歌っていた曲。その歌曲は余命短き乙女が死への恐怖を隠したまま、残された人生を前向きに歩いていく姿を綴った歌だ。私は封印されるとき、何かを残したいなどと思う暇すらなかったけれど……今も、彼女への尊敬の念を忘れたことはない。

我ながら、なかなかうまく歌えたのではなかろうか。

現に私が歌い終わっても、審査員や他の参加者の皆が息を呑んだまま拍手を忘れている。

これは……あまりの歌声に言葉を忘れちゃったやつだよね？

私から「どうでしたか？」と尋ねてあげようとしたときだった。

「に……逃げろおおおおお！　呪歌だ！　保健医に解呪してもらえええええ！」

この場にいた全員が、振り返ることなく教室から走り去っていく。

「えっ？」

ぽつんと残された私は疑問符をあげることしかできなかった。


「あーはははははっ！　流石、俺の愛した女性、やることがいちいち面白い！」

「ごめん……今、本当に落ち込んでいるから勘弁して」

結論から言えば、もちろん私が歌った曲に魔法的要因はない。

ただ……誰も知らない古い曲を、保険医曰くものすごくクドイ歌い方した結果——呪われた歌だと勘違いされてしまったらしい。近頃どこかの都市で、そんな殺害事件が多発しているのだそうだ。

歌に魔術的要素を込めることは理論上可能だし、古典魔法の一つにもあるくらいだけど……流石にひどすぎやしないだろうか。実際、保健室に押しかけた生徒らの皆に何も被害はなく、何重にも防護結界を張った先生らの前で私が歌ってみせた結果、ただの勘違いということになったのだが。

その調査協力のために呼ばれたアイヴィンに、今こうして大笑いされている顛末である。

「ごめんって。購買でアイスでも買ってあげるよ。あのチョコの入ったやつ、気に入っているんでしょ？」

「そうだね。今日は甘いものでも食べて、また明日から頑張ろうかな」

私がトボトボ購買へ向かおうというのに、お財布になってくれるというアイヴィンがついてこない。

私が振り返ると、彼は思いっきり目を丸くしていた。

「また他の部活に挑戦するつもり？」

「私はそんなに飽きっぽくないよ。演劇部に決まっているじゃない」

真面目な顔で答える私に、アイヴィンがひと呼吸置いてから口をあんぐりと開けた。

「まだ諦めないのっ⁉」

諦めないといっても、別にワガママを言おうというわけじゃない。

そりゃあ、歌姫として大勢の前で歌ってみたかったのは事実だけど……演劇というのは、演者だけで作るものではないのだ。

「裏方でいいので働かせてもらえないでしょうか！」

「うーん……もちろん、手伝ってもらえるのは嬉しいんだけどさ……」

翌日、私は演劇部の部長に対して頭を下げる。

「噂からお節介されても迷惑かもしれないが……トラバスタ嬢は勉強や就活のほうは大丈夫なのか？」

クラスが違うとはいえ、部長は三年生。シシリーも三年生。来年の今頃は学生という身分を脱いで、社会という荒波で揉まれている頃である。

「自分も含めて、今も部活をやっている三年生は皆、将来は家業を継ぐとか、すでに嫁ぎ先が決まっているとか、そんなやつらばかりだから。でもトラバスタ嬢ってさ、こないだ廊下で二年の婚約者と揉めてなかった？　家族仲もいい噂を聞かないし……部活していて大丈夫か？」

やっぱりこの部長、とても気遣いができる男性のようだね。

どうやら部長は嫡男らしく、就職活動の必要がないタイプのようだ。ますますシシリーの相手として有望なのでは？　そんなことを考えながらも、私は毅然と彼の心配を解消する。

「不仲だからこそ、新しい人脈を広げる機会を頂戴したいと思っています。ちなみに部長は将来のお相手は決まっているのかな？」

「はは、大好きな許嫁がいるから自分は勘弁してくれ」

私の上目遣いの軽いお誘いを、彼も笑っていなしてくれる。

ちぇっ、いい男だと思ったのに。と、「残念」と肩を竦めてから、私はあっさりと本題へ戻る。

「成績の方も心配しないでくださいな。今までがちょっと特殊で……ようやく自分のことに集中できそうだから、どーとでもなると思います。もちろん、それで部の方に迷惑がかかるようならすぐに辞めますし。所構わず殿方を口説くつもりもないから安心してね」

私が片目を閉じてみせれば、部長も苦笑を返してくれた。

「まぁ、そこまで言うなら……でも、三年でいきなり入って居心地は悪いだろうし、無理しないでいいからな」

その日から、私はさっそく裏方仕事の手伝いを始めた。

部長の心配通り、私は本当に腫れもの扱い。三年生の新人ってだけじゃなく、昨日の『呪歌』の話も広まっているようでね。学年問わず、みんな私に声をかけられるたびにビクビクしている。

結局、ヒロインである歌姫には一緒にオーディションに参加していた一年生が選ばれたらしい。そして、その友人役を三年・転校生のハナちゃんが務めるということだ。

実際、練習風景をのぞいてみれば、ハナちゃんも慎ましやかながらいい声で歌っている。うわぁ、ますますお近付きになりたい！　だけど案の定、話しかけたら「余計なお世話です」とはね除けられた。なぜここまで嫌われるのか、一周回って不思議なものである。

実際、他の部員たちに笑顔で積極的に手伝いを願い出ていたら……三日くらいで、みんなも慣れてくれた。一週間経った今では一緒にペンキを塗りながら「噂の歌、聞かせてもらえませんか？」なんて言いだす勇気ある一年生が現れる始末だ。

なので、期待に応えようと立ち上がったときだった。

「トラバスタ嬢、モブ役で良ければ舞台出るかー？」

そう声をかけてくるのは、部長である。

思わず振り返れば、部長は台本片手にニコニコと笑っていた。

「台詞もない合唱要員なんだけど、声量が足りないから人数を追加しようと思ってな。そんなでも良ければ――」

「出ますっ！」

私が前のめりの肯定をすれば、部長が「気合入れすぎて観客を呪わないでくれよ？」と悪い顔をする。それにペンキを塗っていた一年生たちもワッと湧いた。

「演劇部、上手くいっているみたいだね」

「おかげさまで。劇に出るといっても名前もない端役（はやく）だから、半分以上大道具の手伝いをしているんだけどさ」

その日の授業が終わって、私はいそいそと鞄に荷物をしまう。そんな中で呑気に話しかけてくる邪魔者がアイヴィン＝ダールである。

同時に、隣の席のアニータが口を尖らせていた。

「せっかくあたくしの部活が落ち着いたというのに、少々嫉妬しちゃいますわね」

これは……抱きしめても致し方なしだよね？

「ごめん！　あと二日で山越えるから！　そうしたらいっぱい遊ぼうね！」

「遊びませんわ！　魔術の勉強に決まっているでしょう！　暑苦しいから早く離れなさいっ!!」

そう二人の世界に入っていると、アイヴィンが口を挟んでくる。

「それじゃあヘルゲ嬢。明後日（あさって）の本番、一緒に観に行こうよ」

「えっ!?」

突然のお誘いに驚くアニータ。私の周りをウロチョロしているから、アニータもアイヴィンと多少は面識が増えたようだったが……これといって二人が会話するところを、この数週間ほとんど見たことがなかった。……というかアイヴィンもアニータも、クラスでは孤立主義だったようだけどね。

「俺が一人で観に行くって言っても、きみはまったく喜んでくれないでしょう？」

「あなた一人でも愛想笑いで謝辞くらい述べてあげたと思うけど……アニータも来てくれたら、ものすごく嬉しいかな！」

アイヴィンからすれば、別に嫌っていたわけではない様子。それに……アニータは将来、アイヴィンの務める王立魔導研究所という所に就職したいと思っているのだ。この縁を結ばない道理はない。

だけど、当のアニータにはそんな打算的な顔が見えなかった。

拗ねるアニータがますますかわいくて、強く抱きしめ直したのは語るまでもない。

「……別に、誰に誘われなくても行くつもりでしたけど」

彼女は顔を背ける。さらに耳まで赤くするものだから。

そうして、ますます気合を入れて今日も準備を進めようと私は張り切っていた。

本番間近ということで、衣装係の手がギリギリらしい。

今も余り布を探してきてほしいと、慌てて倉庫へ向かっていたときだった。

「そんなの、信じられるはずがないだろう！」

……この怒声、聞いたことあるね？

ふと、普段は目立たない階段下のスペースに目を向けると。

そこから走り去るのは、涙を流したアイヴィン＝ダール。

え、どういう状況!?

しかもその場に取り残されていたのは……涼しい顔をした転校生・ハナ＝フィールドだったのだ。

えーっと、この状況は……。

たとえ八〇〇年の経験があろうとも、こんな予想外の修羅場はまずないぞ？

私がぱちくりしていると、ハナちゃんがゆっくりと近付いてくる。

「このことは他言無用で」

「言われなくても言いふらしたりしないけどさ」

一応、アイヴィンにはそれなりに世話になっている自覚はある。

それに男の子が泣いていたなんて……そりゃあ本人も秘匿にしてもらいたいだろう。そのくらいの良識は持ち合わせているつもりだ。

だけど……え？　どうにもやっぱり状況が理解できない。

「ハナちゃんとアイヴィンって、どういう関係？」

その問いかけを無視して、ハナちゃんも立ち去るかと思いきや、

「『悪女』とその最大の被害者、かな」

そう残した言葉は、寂寥の中に愉悦が混ざっているような、一〇代の少女とは思えないものだった。

さらに翌日。どうしても私は昨日の光景が頭から離れなかった。

（ねぇ、シシリー。今どきの男の子って、女の子にフラれて泣き去るのがカッコいいとされていたりするのかな？）

（そんなことは……ないと思うよ？）

（だよねー）

如何にも『モテます』と言わんばかりのアイヴィン＝ダールが、なぜ転校生にフラれて泣いていたのか。あいつはあれか？　初見の女性全員にアタックしなければならない本能でもあるのか。それは別にいいとしても……私も結構散々な扱いしてきたと思うけど、それを上回るフラれ方をしたのか。

ハナちゃんに玉砕……それって、私と一緒じゃないかな⁉

「どうした、シシリー＝トラバスタ。わからないところでもあるのか？」

ちなみに今は授業中である。科目は歴史。ちょうど……八〇〇年前の『失恋戦争』における詳細だ。どうにも情けない名前がついているけど、当時はけっこう悲惨な状況だった。瘴気による疫病や自然災害、そして貧困や食糧不足による戦争などで、大陸各地で争いが絶えなかった時代のことである。最終的には、それらの発端である瘴気を生んだのが『稀代の悪女・ノーラ＝ノーズ』で、そんな悪女を封印し、世界に平和をもたらした救世主が『叡智王ヒエル＝フォン＝ノーウェン』。

『稀代の悪女』は婚約者であったヒエル王の高い知能と能力に対してずっと嫉妬しており、あげくに王が他の女性と真実の愛に目覚めたから、私怨を拗らせ悪行に及んだとのことだが……なんとも愉快なお話だね。三文小説として売ったら人気が出るんじゃないかな。

それはともかく、ずーっと悶々と悩んでいた私を気にかけてくれる先生、やはり有能教師では？

そんな先生からの親切に甘えるのも生徒の本分というものだろう。

「先生は女性にフラれて泣くほど悲しいとき、友人に何をされたら嬉しいかな？」

「……そういう質問は放課後に受け付けよう」

そんなこんなで、鐘が鳴る。今日の授業はこれでおしまい。

さて、明日は『新入生披露観劇会』の本番である。

つまり、今から私はリハーサルだ！

「それじゃあアニータ、部活に行って――」

そう意気込んで、アニータに挨拶しようとしたときだった。

やたら黒い笑顔を浮かべたアイヴィン＝ダールがずんずんと近付いてくる。

「ちょっといいかな？」


無理やり連れて来られた場所は屋上だった。

「俺はあのコにフラれてなんかないからね！」

「無理しなくていいよ。色男だからこそ、失恋の一つや二つは経験しておくものでしょ」

そうかそうか。普段気取ったアイヴィンもフラれたことが恥ずかしいのか。

まだまだ男の子だね。かわいいね。初々しいね。

そう八〇〇歳年上の貫禄で彼をあたたかく見つめると、彼はうんざりとばかりに溜め息を吐いた。

「そもそも、俺はきみに興味があるって言っていたと思うんだけど」

「『稀代の悪女・ノーラ＝ノーズ』に？」

彼は敢えてそのことに触れないようにしてくれている節があるけれど。

私から踏み込んでみせれば、彼はどこか暗い顔をしてみせた。

「その『稀代の悪女』の異名は本当なの？」

「信じてくれてないいんだ？」

「そういうわけじゃないよ。でも正直……きみは十分変わった子だとは思うけど、悪女と言われるような女だとは思えなくてね。ましてや、失恋で世界を滅ぼそうとするタイプか？」

つまり……授業で習うような悪行を本当にしたのかって訊きたいのかな。

その質問に、私はにっこりと答える。

「八〇〇年前の真実なんて、誰も喜ばないでしょ」

そう――誰も喜ばない。『ノーラ＝ノーズ』は失恋の腹いせに世界を滅ぼそうとした魔女なのだ。教科書にそう書かれてあるのだから……それが、あの時代に生きた人々が『ノーラ＝ノーズ』に望んだこと。それでいい。八〇〇年前の人間が、今まで紡がれた歴史に口出しする権利なんかない。

私はパンッと両手を打ち合わせる。

「まぁ、私の話はともかく！　今日は忙しいけどさ、明日さえ終わっちゃえば時間もできるから。憂さ晴らしくらいなら付き合ってあげるよ！」

「だから俺、あのコにフラれるどころか告白もしてないからね!?」

「じゃあ、なんの話していたの？」

そこまで否定するならと問いかければ、アイヴィンは視線を落として。

そして、どこか恨めしそうな目を返してきた。

「……秘密」


そして、いざリハーサル準備だ。新人は誰よりも働かないと！

そんな折、珍しくシシリーから話しかけてくる。

（ノーラ、大丈夫？）

（あら、ようやく名前を呼んでくれるようになったんだね！）

（……そんな意地悪を言うなら、もう呼ばない）

拗ねるようになった愛らしい心の相棒に、私は小さく笑って。

現実の舞台袖で小道具の確認をしながら答える。

（大丈夫だよ。シシリーもごめんね）

（何が？）

（『稀代の悪女』なんかが体を乗っ取っちゃって）

『稀代の悪女』なんて小心者の彼女からしたら、相当怖かったはず。

今更ながらにそのことを謝れば、今度はシシリーが笑った。

（このオバケ生活、実はちょっと気に入ってるんだ）

（ん、そっか）

本当はこんな現状に満足していちゃいけないのだろうけど。

少しずつ気分が晴れているなら。存分に人生のリハビリに私を利用すればいい。

さて、ひとまずは明日の舞台を成功させなくっちゃね。

私の出番は本当に最後の一幕だけだ。だからそれまでは着替えの手伝いなり、小道具の管理なりの裏方作業をするよう割り当てられているのだが。

「あ、扇が一本足りないので探してくるね！」

「了解ですー」

近くの後輩に声をかけて、私は舞台袖から作業部屋へと戻る。時間ギリギリまで空き教室で作業していたのだ。いくら貴族の学校とて部費が潤沢にあるわけではない。少ない部費や備品でやり繰りするのも教育の一環とのこと。お金に甘やかさない、いい方針だね。

私がパタパタと教室まで戻っていると、人がいないはずの教室から声が聞こえてくる。

「男爵令嬢のくせに主役とかバッカじゃないの！　絶対に色目を使ったんだって！」

「しかも三年の転校生まで演者に出しゃばってくるとか……今年色々とおかしいんじゃないの」

そう憤っているのは……赤い制服の一年生が二人。主役を狙っていたのかな？

あの「婚約者が大好き」と公言していた部長が後輩の色目に負けるとは思えないけどね。実際にあの子、すごく歌が上手だったし。三年が出しゃばって、というのは代わりに謝ってもいいとしても。

まぁ、裏で陰口もまた青春だろうと、素知らぬ顔で入ろうとしたときだった。

彼女らはとんでもないことを言い始める。

「本当に本番の直前にあいつ閉じ込めちゃおうか。そうしたら……あの人の言う通り、わたしたちのどちらかが代役で出られるかもしれないしね」

おーっと、これは看過できないことを言い出したね？

私は静かに話の最後まで耳を立てる。

作戦を聞くだけ聞いたタイミングで、私は扉を開けた。

「あら、扇以外にも何か忘れ物があったのかな？」

私はにっこり後輩らに向かって微笑む。

これで私に話を聞かれたとわかって、企画倒れになってくれたらいいんだけど……ね。


しかし当日、ずるい人に限って引き際の見極めが下手なものである。

「あれ、主役のコがどこにいるか知ってる？」

本番直前、舞台袖では裏方たちが汗水たらして作業中。メインの演者は入念な身支度をしており
……私みたいな裏方＋モブみたいな役は、本番が始まってから慌てて着替える予定である。

なので私も今は裏方として作業しながら、素知らぬ顔で疑問符を大きく飛ばしてみれば——昨日陰口を叩いていた一年生たちの肩が跳ねた。

……あなたたち、やっちゃったね？

実際、何も知らない部員らからは「着替えているんじゃないのー」なんて呑気な声が返ってくるので、本番前に騒ぎを大きくするのも悪手（あくしゅ）だろう。私は「様子を見てきまーす」と何気ない様子で場所

を離れた。もちろん本日の主役を助けに行くのだ。まるで裏で暗躍するヒーローである。

（昨日のうちに止めさせておくべきだったんじゃ……）

（下手に逆上されて、強攻手段に出られたらと思うとねー）

　シシリーの言う通り、事前に防ぐ手段はいくらでもあっただろう。それこそ、部長にでも告げ口して、彼女たちを出禁にしても良かったのだが……ここは学校だからね。いい子も悪い子も、総じて成長する機会が与えられるべし、なんて思ってしまった。年寄りの驕り（おご）かな。

　実際、作戦の一部始終を聞いていた手前、どうにでもなると思ったのも事実である。

「おーい、主役がこんな所で何しているのー？」

「この辺の視聴覚室で衣装に着替えるって聞いたんですけど、どこかわからなくなっちゃって」

　案の定、ヒロインが人気（ひとけ）のない旧校舎でうろうろしていた。そりゃあ迷子にもなっちゃうよね。肝心の衣装が置いてあるはずの教室から、衣装を動かしておいたのは私だし。ついでに『視聴覚室』の看板を外しておいたのも私だ。新入生が迷うのも必然である。

　私はにっこり笑って反対方向を指さす。

「あー、場所が変わったって言ってたよ。いつもの部室でみんな着替えているはずだから、急いだほうがいいかも」

「はい、ありがとうございます！」

　安心したように笑って、パタパタと駆けていくヒロインちゃん。あーかわいい。あんな子を泣かそうとする子がヒロインになれるはずがないのにね。心の醜さは顔に出るものだよ。

「じゃあ、後は――」

私は看板が外れた視聴覚室に入る。要らぬ疑いをかけられないために、外した看板を教室の中に置いておいたのだ。悪戯がバレる前に戻しておかないと。

そう――足を踏み入れたときだった。

カチッと、鍵がかかるような音が響く。途端、周囲が急激に静かになった。だけど横開きの扉の鍵をかけたところで、こんな大きな音は鳴らないだろう。これは魔術が発動した音だ。

「おっ？」

急いで扉を開けようとするも、やっぱりビクとも動かない。もう一つの扉も同様。窓の外を見ても、薄っすら青白い鎖が絡みついているような文様が見える。

「おぉ、これは閉じ込められたかな」

（ええ〜〜っ⁉）

心の中のシシリーがいい反応をくれる。彼女もオバケ生活が気に入っていると言っていたけど、いつでもお喋りできる相手がいるというのは私も嬉しい。八〇〇年間ずっと独りぼっちだったからね。

私は魔術の鎖をマジマジと観察する。

「えーと、範囲はこの教室だけみたいだね。外界から隔離して封じ込める術式かな……魔力規模もそこそこだし、一介の学生、しかも新入生が扱えるレベルじゃないと思うよ。下手したら今の時代じゃ禁術クラスなんじゃないかな。あの子たち実は将来有望なのかも？」

（ほ、褒めてる場合なの⁉）

「いやー、ついつい。それで……ほうほう。音も遮断して助けも呼べないようにしたと。だけど……

はあ、面倒なことしてくれたもので」

（え、なになに、どうしたの!?）

慌てるシシリーに、私は苦笑を返す。そして魔術式の該当箇所を指さした。

「ここ、読める？」

（えーっと……）

その箇所をシシリーも凝視する。口をぽかんと開けている横顔がかわいらしいけど……ただでさえ透明なのに、どんどん青白くなっていくからしっかりと読めたのだろう。こっちも有能有能。

だけど私が今ここで褒めたところで、彼女は喜ばないだろう。

なぜなら、ちょっとピンチだからだ。

（空気の……遮断……!?）

「急いで解除しないと、私たち酸欠で死んじゃうね！」

（解除って……）

当然、魔術の解除には魔力を使う。

しかも一見するに、魔術の式がかなり複雑に絡み合っていた。偶発的なものだろう。無理やり難しい術式を使おうとして、なんとか発動したはいいけどぐちゃぐちゃになってしまったのだ。イメージで言うなら……糸が規則的に編まれた布ではなく、ただぐちゃぐちゃに絡まっているような感じかな。

ここから抜け出すためには、その絡まった糸を綺麗に解かなくてはならない。

私も扱いに慣れてきたとはいえシシリーの少ない魔力量だ。無理やり焼き切るには足りないだろう。

この封鎖空間で、外から私の魔力を呼ぶのも不可能。

ちまちまと、少しずつ解除していくしかないね。

(それじゃあ、始めようか)

ごちゃごちゃ言っていても問題は解決しない。

空気が減らないように喋るのは止めにして、私は解除に集中する。

教室中に絡まった糸を、少しずつ、少しずつ緩めて解いていくイメージだ。

糸の端を小さな穴にくぐらせて、少しずつ、少しずつ……。

時間は刻々と進んでいく。溜め息ひとつ吐く間も惜しいのに、単純作業の集中力なんて、人間そう長く続かないもの。

それでも根気強く進めなければ……私の甘さでシシリーを殺してしまうことになる！

……だけど焦れば焦るほど、息苦しくなっていく。

これ、外から空気は取り入れないのに、外には出て行ってしまっているのでは？

これだから素人が！　と怒りたくなるほど杜撰(ずさん)な魔術に辟易している暇もないのに。

「あー、間違ったっ！」

焦りが手元を狂わせる。

私は一〇手順前まで戻ろうとしたとき、今まで黙っていたシシリーが言った。

（そこ、水の属性値を三まで落とせるかな？）

「えっ？」

（そうしたら、次はこっち。風を五まで上げてから、こっちの火をゼロに切る。するとこっちの水が一二まで上がっているから、そのあとこっちを――）

それは、私が愛した魔法の概念とは違った見方だった。魔法をすべて数値化して、誰もが扱えるようにしたもの――魔術。その概念のもと、彼女は先々まで見通した数式を私に提示する。

だけど、私が答えずにいたら怖くなったらしい。

（あ、わたしなんかが余計な口出ししてごめんなさい……）

（ううん。ちょっと待ってね）

私はシシリーの指示通りに、属性値を操作する。少しずつ、少しずつ。だけど大局を見せれば、私はちまちま糸を解いていたより、圧倒的に早く式が整理され始める。

（よし。シシリー、続けて）

私が小さく息を吐くと、シシリーの声は少し弾んでいるように聞こえた。

（……うんっ！）

そして、数時間後。

「だっしゅーっつ！」

あぁ、新鮮な空気が美味しい！

私たちは無事に視聴覚室から脱出した。もう空はオレンジ色に染まっている。

これは……もう舞台は閉幕しちゃったかな。ヒロインは無事に舞台に出れただろうか。

私も……せっかく端役、もらえたのにな。

（ノーラ……）

（ううん、大丈夫だよ。でもちょっと頭にきているから、あの後輩たちに嫌みのひとつくらい――）

言いに行こうか、と、シシリーに提案しようとしたときだった。

「――いたっ！」

急に人の気配が膨らむ。突如転移してきたのは、現代の天才魔術師アイヴィン＝ダールだ。そういや、彼とアニータも舞台を観に来てくれていたはずだよね。悪いことしちゃったかな。

その罪悪感を隠すように、私は笑みを作る。

「やぁ、アイヴィン。いきなり転移してくるとかどうした――」

「きみを探していたに決まってるだろう！　今までどこに行ってたんだ！　開幕前に挨拶しに行っても誰も行方を知らないというし、学校中の気配を探ってもきみの魔力だけ探知できないし……」

おやおや、どうやら天才が天才ゆえの技術を使って捜してくれていたらしい。でも無駄に強固な結界内に閉じ込められていたから、外からじゃ探知できなかった様子。申し訳ないね。そんな大それた存在でもなかろうにと思いながらも、私は「ありがとう」と感謝を告げた。

「見ての通り無事だから。それじゃあ、結界に閉じ込めてくれた犯人にちょっと仕返ししてくるから、また後で――」

と、彼の横を通り過ぎようとすると。

なぜか、アイヴィンに手を掴まれる。

「そんなの後回し。ヘルデ嬢が心配している。腹いせは好きにしたらいいけど、ひとまず彼女を安心させてやれ。泣いてたよ」

「……そうだね」

彼は魔術師のはずなのに、どうにも握力が強いらしい。

それに……アニータを泣かせるなんて、我ながらなんてひどい悪女っぷりだろう。

アイヴィンの手に引かれながら舞台会場に赴けば。私の姿を見るやいなや、目を真っ赤にしたアニータが飛びついてきた。アイヴィンが外を捜していた分、アニータは「シシリーのことだから、当たり前のように舞台に登場するのでは？」と、一人食い入るように舞台を凝視していたらしい。

私が「舞台どうだった？」と呑気に聞いたら「バカじゃないのですの!?」とめちゃくちゃ怒られてしまったけど。今日も私の友人がとても愛い。

そして、今度こそ『わるいこ』に折檻（せっかん）しに行こうとしたときである。

「人がよすぎですわ。その手の者たちに正面から文句を言ったところで効果があると思いますの？」

どうやら私以上に、アニータの逆鱗（げきりん）に触れていたらしい。

彼女は雰囲気良く打ち上げムードだった演劇部の部室に乗り込んでは「そちらの部員の悪行についてお話があるのですけれど」と堂々と部長を呼び出した。そして私の代わりに事のあらましを説明すれば、顎をあげて言い放つ。

「そちらの責任者自ら顧問に相談しない場合、あたくしのほうからお話しに参ります。宜しいですね？」

有無を言わせない圧力に、部長は当然「自分から報告します」と頷いて。

結果として、即座に『わるいこ』二名はお呼び出し。部長と顧問に引率され、件の視聴覚室も調査された。ちなみに王立魔導師研究所の現役職員でもあるアイヴィン＝ダールも調査協力する徹底ぶりである。

「ところで、きみは罠に気が付けなかったの？」

「いち学生に過大な期待をしすぎじゃない？　学生の悪戯でこんな術式が使われているなんて思わなかったし」

「なるほどね」

調査の結果、やはり密室化の術式は禁術指定されているものだったとのこと。『わるいこ』達は、とある人物からこの術式の簡易設置法を教わり、その通りに展開したとのことだが――その教授元を、彼女たちも誰だかわかっていないらしい。

「緑の制服を着た眼鏡の男子ってことしかわかりません！　そもそも禁術だってことすら知らなかったのにっ！」

泣き叫ぼうが時はすでに遅し。彼女らは入学して間もなかったものの、すぐに退学が決まるとのこと。もちろん、その教授元もこれから調査するということだ。だけど彼女たちの話しぶりからして認識齟齬の術式が使われているおそれがあるらしく、調査結果にはあまり期待ができないとのこと。

ともあれ、此度の事件はあまりスッキリしない展開で終幕してしまった。

なぜスッキリしないかって？　それは諸悪の根源が捕まらなかったからではない。

「私、何もしないで復讐が終わってしまったんだけど？」

「直接自分でぶっ飛ばしたかったの？」

そんなことをしていたら、とっくに日が暮れてしまった。今日のところは解散になり、アニータは門限があるということで寮に戻った。私……？　門限とか気にするタイプだと思う？

ということで腹いせに、誰もいなくなった校舎の屋上で、アイヴィンと食べ損ねた夕飯の代わりにアイスでも食べようとなったのである。ちなみにアイヴィン、研究室の保冷庫に私の気に入っているアイスを買いだめしておいてくれているらしい。献身的だね。

そんな彼の疑問符に、私はアイスを食べながら応じる。

「んー。できたらしてやりたいくらいムカついていたんだけど……やったらやったらで、こっちも罰せられちゃうのはねー」

「そういうこと。だから、この手の報復は正々堂々大人と法律と権力を使って抗議するのが一番なんだよ。スッキリし難いかもしれないけどさ」

「アニータはこの手の対処に慣れているようだったね」

それを問えば、アイヴィンがアイスを齧(かじ)りながら教えてくれる。

「彼女は伯爵家とはいえ、かなり地位のある名家の令嬢だからね。今は魔導に力を入れているとはいえ、社交界で本気になればかなりのものになるだろうと、期待されているらしいよ」

「ふーん。難儀だね……」

本人はあんなにも魔術師になりたいと泣いていたのに。

当人がいない場だからこそ、訊くだけ訊いてみる。

「推薦してあげる見込みはないんですか、次代の賢者さま？」

「今の実力だとちょっと厳しいな。才能がないわけじゃないと思うんだけどね。無理して研究所なんかに入るより、社交界の華になったほうが幸せになれそうだし」

「流石次代賢者さま。他人が幸せの形を決められると？」

目を細めてやれば、アイヴィンが食べ終わった棒を咥えながら肩を竦めた。

「適当なこと言ってるのはどっちかな。推薦って簡単に言われるけど、ようは入職後の責任をとるってことだからね。ヘルデ嬢とは最近少し話すようになったけど、それ以上でも以下でもない。俺は慈善家ではないんだよ」

「ふーん」

それはたしかに、おいそれと出せるものではないだろうな。

だったら、やはりこの一年のアニータの努力に懸かっているのだろう。私ができるのは、その手助けだけだ。そうして私もアイスの最後のひと口を頬張れば、彼がフェンスに背を預けながら私をのぞき込んでくる。

「そんなことよりさ、今日歌うはずだった曲、歌ってみてよ」

「えっ？」

「このアイス代ってことで、さ」

「呪われるかもよ？」

「そんなことないって、このあいだ俺も検証に参加したんだけど？」

「……なかなか高いアイス代になったね」

そう笑ってから、私は大きく息を吸った。

他の部員から、色々なことを教えてもらった。歌うときの呼吸の仕方、胸の張り方、声の伸ばし方。

その他大勢の端役なのにね。しかも、扱いづらい三年生。それなのに……一生懸命参加していたら、とても親切に教えてくれたんだ。

――みんなと一緒に歌いたかったなぁ……。

私が今日歌うはずだった曲を歌い上げると、アイヴィンが拍手を送ってくれる。

「お見事。以前よりとても聞きやすくなったね。流石、稀代の天才ノーラ＝ノーズだ」

「私がノーラ＝ノーズだって、信じてくれているんだ？」

「そりゃあ、惚れた女の言葉だからね」

「研究対象として？」

八〇〇年前に封印された『稀代の悪女』が、現代を生きる冴えない少女に憑依した。

その事実は、あらゆる方面から興味をもたれる出来事だろう。

封印しかり、憑依現象しかり。私とて、なぜここまで憑依という超常的な現象がストレスなくできているのか、定かではない。八〇〇年前の魔法研究でも……他人の体を乗っ取るなんて発想が禁じられていたくらいだ。……それをやってのけてしまっている私は、まさに『稀代の悪女』なのだろうけど。

アイヴィンは視線を逸らした私を鼻で笑う。

「一研究者として否定できないのが悲しいけどね。でも、たときみが『稀代の悪女』でなかったとしても、俺はきみに好感を覚えていたよ。強い女性が好きなんだ、昔から」

そしてフェンスに寄りかかって、彼は肩を竦めた。

「でも残念ながら、俺より強い女性なんてどこにもいなくてね……そう寂しい想いをしていたときに、階段から何度突き落とされても笑い続ける令嬢が現れたってわけ」

その懐かしい話に、今度は私が噴き出した。

「改めて聞くと、なかなかホラーだったね」

「本当だよ。あんなに面白い光景はそうそうお目にかかれないでしょ」

「同じ目に遭っても、流石に今度は大笑いできないかな」

だって一ヶ月も経てば、肉体がある現実に慣れてきてしまうから。

だからまた少しだけ怖くなる。

約束の日が来たとき、私は――

「それじゃあ、念押しだけしておこうかな。私の中には、ちゃんと『シシリー＝トラバスタ』が生きているの」

私は一歩だけ彼に近付いて、その整った顔を指先で持ち上げた。

「だから私に惚れても無駄だよ。一年後に、私は消滅してしまうから」

そして私は髪を払って、目を見開くアイヴィンを残していく。

「歌、聞いてくれてありがとう」

彼はぼそりと何かを呟いたけれど、私は振り返ることをしなかった。


そして、翌日。

「シシリー、今日は久々に勉強会を――」

「ごめん！　明日からでいいかな」

私がアニータに向かって両手を合わせると、彼女は目を丸くする。

「構いませんけど……今日は演劇部が休みではなくて？」

「うん。だから今日は他の部活に行ってみようかと」

「また何か始めるんですの!?」

七日間ある一週間のうち、授業がある日は五日。

その中で二日を演劇部。二日をアニータとの勉強会。

そして残る一日を――私は彼女のためだけに使うと決めた。

（本当に入っちゃうの……？）

（もちろん、あなたの才能を伸ばすには一番の部活かと思うからね）

とある空き教室の扉を開けば。

今朝方話を通していた眼鏡の部長さんが仰々しい身振りで歓迎してくれた。

「ようこそ、魔導解析クラブへ！」

私は小指に誓った契約を忘れない。

一年後、私は『シシリー＝トラバスタ』に最高の状態でこの体を返すのだ。

そのとき——『ノーラ＝ノーズ』は本当の死を迎える。

4章　体育祭で暴れよう！

体育祭には、少しだけいい思い出がある。

流石に姉・ネリアの代わりに選手を務めることはなかったけど……ネリアの分のお弁当を作らされたのだ。侯爵令嬢なのに料理もできる。そんな家庭的アピールをしたかったらしい。

そのための材料や費用はネリアが用立ててくれたので、豪華な物を揃えることができた。それを使ってのお弁当作りはなかなか楽しかったし、余りは好きにしていいというので、わたしもお昼に美味しいお弁当を食べることができたのだ。

だけど、当然他のみんなのように、一緒に食べてくれる相手なんていない。

それでも、ご飯が美味しい！

それだけで元気になれるのだから、わたしもなかなか現金である。

そう——校舎の物陰でぽつねんとお弁当を食べていたときだった。

「美味しそうなお弁当だね？」

わわっ、なんで話しかけてくる次代賢者・アイヴィン＝ダールっ!?

しかも、どこから現れたかわからないし……あれかなぁ。ぼっちを哀れんでくれているのかなぁと思いつつも、わたしはキョロキョロ辺りを見渡す。

彼と話しているところがネリアにバレたら、とんでもないことになる！

無事、ネリアの姿がないことを確認しても……この状況をどうすればいいのか。

「でも見覚えのあるお弁当だね。お姉ちゃんにも作ってあげたの？」

うぅ、やだよ～。頭のいいひと怖いよ～。

もちろん、その疑問符を肯定できるはずがない。

「……わたしが、作ってもらったんです……」

「ふーん。ま、どうでもいいんだけどね」

それなら聞かないでよ!?　と、当然文句なんて言えるはずのないわたし。

しかも、彼はひょいとわたしのお弁当の卵焼きを摘まんでは、モグモグと食べてしまう。

な、なんで!?

だけど、彼は満足げに指を舐めるだけ。

「うん、甘くて美味しいね。ご馳走様」

「あ、あの……」

「きみのお姉さんが弁当食べろ食べろってうるさくてさ。どうせ食べるなら、作った本人に感想を伝えるべきじゃない？」

「あ、あの……えーと……」

「せっかくだし、きみが食べ終わるまで話し相手になろうか。できたら友人も呼んでいい？　こういう家庭的なものと縁遠いやつでさ、食わせてやったら喜ぶと思うんだよね」

ありがた迷惑にもほどがあるっ⁉

しかも、家庭的な物と縁遠いとか……どれだけ偉い人を連れてくるつもりなのかな⁉

わたしがブンブンと首を横に振っていると、彼はくつくつと笑う。

「ま、きみが嫌なら仕方ないね。それじゃあ、午後の競技も頑張ろうね」

そう手を上げて、彼はまたどこかへと消える。

急に静かになった校舎裏で、わたしはそっと溜め息を吐いた。

「あのひと、本当に苦手だ……」


このときのわたしは知る由もない。

まさか一年後の体育祭で、わたしの体を使った『稀代の悪女』が彼と、とんでもない大騒動を起こすことになろうとは――


「んー。何かいい手立てはないかな」

「またですの？　そろそろ諦めたらいかがですか？」

お昼休みも、食堂でアニータと食事をとりながら考える。

その悩みは当然――友達一〇〇人大作戦だ。

現に、最近転校してきたハナ＝フィールドは、あの観劇会を境に友達の数を増やしている様子。あの舞台はクラスからの評判もよく、今も同じ食堂でクラスメイトに囲まれて小さく笑みを浮かべていた。

……羨ましい。

訳あり転校生にできるなら私にだって、と意気込むものの、アニータがむくれてしまう。

「面白くありませんわ」

「どうして？」

「あ、あたくしだけじゃ、足りませんの!?」

あぁ、今日も私の友達がとても愛い――はともかく、食器を置いてしまったアニータに、私は慌てて弁明する。

「そういうつもりじゃないよ!?　でもアニータだって、ずっと私と二人っきりも寂しいでしょ？」

「そ、そんなことはありませんわよ……」

もう抱きしめていいかな、この子。

過剰スキンシップは嫌がられてしまうんだけどね。そこもまた愛いよね……。

私個人としては、アニータと二人だけでなんにも問題ない。むしろおかげ様で毎日がとても楽しい。

だから、これはただのわがままだけど。アニータには『私（ノーラ）』の友達であってほしいのだ。

だけど、私は『シシリー』の友達も作らなくてはならない。

私が憑依している悪女であること、アニータに言うわけにはいかないしな……。

それこそ、こんな不可思議で稀有な状況に彼女を巻き込むわけにはいかない。

一人言ってしまった相手はいるけれど……あれは別枠でいいよね。察しが良すぎたし。

そんな風に思案している渦中の調本人が食事を持って近付いてくる。

「かわいいご令嬢方。お隣いーい？　彼女の新しいお友達候補もいることだし」

「わざわざ聞き耳を立てているなんて性格悪いね」

「いつもきみたちの話し声が大きすぎるんだよ」

そう言いつつも、私たちが荷物やグラスなどを寄せれば、アイヴィンと彼の友達マーク君がそれぞれ私とアニータの隣に座ってくる。マーク君は小さな声で「ありがとう」と告げてから、私のほうにも「どうも」と会釈をしてきた。

マーク君は朝や放課後など、アイヴィンとよく一緒にいる少年である。学園も同じ三年生で隣のクラス。私が憑依直後から『魔力が綺麗』と目を付けていた少年だ。幸運にも彼も『魔導解析クラブ』に所属しており、最近お近付きになれたのである。

……といっても、討論中に少し話をするくらいだけどね。

実際、部活中はまだシシリーの考えを私が代弁する形をとっており、まだシシリーが直接参加しているとは言い難い状況。ま、何事も少しずつだよね。

基本、このマーク君も口下手らしく、討論のとき以外は最小限しか話さないので……やっぱり姦しく会話する相手はアイヴィン＝ダールとなる。

「そういや、きみたちは出場種目決めたの？」

「出場種目？」

私の疑問符に、アイヴィンはスパゲッティを食べながらあっさりと告げた。

「来月に体育祭があるじゃん。毎年、来週あたりに決めてなかったっけ？」


「シシリーは運動できたんですの？」

「あら、できないの？」

準備運動しながらアニータの質問に答えれば、彼女はとても怪訝(けげん)な視線を返してきた。

「ご自分のことをあたくしに訊かないでくださる？」

そりゃそーだ。でもアニータ曰く、去年までは体育祭自体参加していた印象がないとのこと。

そもそもこの体育祭は生徒全員強制参加らしいが、競技自体には出なくてもいいらしい。個人およびクラスで優勝したあかつきには、成績補正や内申補正があるので、やる気ある生徒も多いらしいけどね。最低クラス全員参加のリレーにさえ出ておけば出席単位をもらえるんだとか。だからシシリーも最小限しか参加してなかった様子。姉の弁当作りとか、諸々のフォローで忙しかったんだって。

でも散々雑用をこなしてきたなら、シシリーは人並みに運動できるんじゃないかな？

（特に運動が得意ではないけど、困ったこともないかな）

とのことですし。

「いいですか？　体育祭では魔術の一切の使用が認められておりません。使用がバレた時点で退場ですわ。くれぐれもズルをしようとしてはダメですわよ！」

「いやいや、それ先生からの説明でも聞いたから」

わざわざ念押ししないでも、と告げるも、アニータは私にラケットを突きつけてくる。

「あたくしも言いたくて言ってるわけじゃなくてよ！　あなたが心配ばかりかけさせるからいけないのっ!!」

今日もかわいいアニータににやけつつも、私はシシリーに訊いてみる。

(私、そんなに心配かけるようなことしていると思う？)

(わたしはいつもビックリしてばかりだよ……)

(ごめんって)

とは言っても、真っ向から姉に抵抗したり、ろくでもない婚約者と縁を切ろうとしたり、暴走人形を撃退したり、部活中に軟禁されたくらいである。ほぼ全てが正当防衛じゃないかな。

それでも怒ったように心配してくれるアニータがやっぱりかわいいから、大人しく心配されておきましょう。

「今回は大丈夫だよ！　だから一緒にテニスやることにしたんでしょ？」

「そ、そうですわ！　このあたくしのパートナーを務めるんだから。元魔導テニス部のエースに、恥をかかせないでくださいましね？」

「もちろん、期待には応えてみせるよ！」

ということで、今日の放課後は勉強会の代わりにテニス特訓である。

ちなみに、このテニスという競技は八〇〇年前にはなかったので初体験なのだが……どうやら手のひらサイズのボールを、ラケットを使って相手のコートに打ち返せばいいらしい。細かいルールは……ま、いいでしょ。多分おいおいアニータが教えてくれる。

ちなみに魔導テニスとの違いは、球に魔力を込めて打ち返すかどうからしい。魔力を込めることによって速度や威力、また自由なコントロールを操ることができるのだ。

「それじゃあ、始めは軽くいきますわよ！」

だけど今は、魔力関係なしの普通のテニス。

そう言うないなや、コートの向かい側に移動したアニータがぽーんっとボールを打つ。

うん、見るからに弧を描いたゆるいボールだね。

これなら――と、気合を入れてラケットを振ったときだった。

スパンッ、と。

手の中が急に軽くなる。ボールは私の後ろをトントンと弾みながら転がっていた。

あれ、ラケットはどこにいったのかな？

「シ・シ・リ〜〜っ⁉」

アニータが呼ぶ声が怖い。

だけどおそるおそる振り返れば、彼女が歪な笑みを浮かべていた。なぜ、彼女がラケットを二本も持っているんだろう？　多分あれ、私用にとアニータが貸してくれたやつだ。

「もう一度チャンスを差し上げます。いいですか？　テニスはラケットを相手にぶつける競技ではあ

りません。ボールをラケットで跳ね返す競技です――わかりましたわね？」

案の定、私はもう一度自分のラケットを剛速でアニータのこめかみスレスレに飛ばしてしまい――対戦相手を怪我させせないため、辞退するよう強要されたのだった。

「これで諦めたら女がすたる！　ほら天才魔導士さま、私でも活躍できる競技に心当たりは⁉」

「天才の使い方が雑すぎないかな？」

その次の日。やっぱり休み時間の退屈しのぎに話しかけてきたアイヴィンに尋ねてみれば、彼は、やれやれとばかりに肩を竦めた。

「でも、他に何ができるの？　馬に乗った経験は？」

「記憶にはないけど馬となら仲良くできる気がする！」

「俺ができないような気がするからやめておこうか。後は剣術、アーチェリー、砲丸投げ、フットボール、バスケットボール、短距離長距離ハードル競走……うん、大人しく応援団でもしてたら？　応援だったら魔術の使用も可だから、ど派手に演出できるよ？」

その提案も悪くはないけど……ものすごーくあやされている気がするのは気のせいかな？

いや私も、体の運動能力があっても、それを動かすセンスがないのは予想外で……。

「は、走ることはできるよ！　短距離走とか！」

「あ～、やめたほうがいいよ。前に手を繋いで走ったとき、すっごく遅かったもん」

それは……殺人人形に襲われたときかな？

あのとき、足の遅い私を懸命に引っ張ってくれた王子様に訊いてみる。

「そういうアイヴィンは何に出場するの？」

「俺は不参加」

「えっ？」

あら、意外。人気者なんだから、出場したらみんな喜ぶだろうに。

感想が視線だけで伝わったのだろう。アイヴィンが肩を竦めてくる。

「これでも目立つのがね、好きじゃないんだよ。だから一緒にポンポンでも作っていようよ」

その提案に、疑問符をあげたのは隣のアニータだった。

「あら、せっかく来賓で国王陛下がいらっしゃいますのに、アピールしないでいいんですの？」

それにアイヴィンは一瞬、間を空けてから。

いつもの綺麗だけど心無い笑みを浮かべている。

「俺、アピールなんかしなくても優秀だから」

「めちゃくちゃムカつきますわ」

なんやかんや、アニータもアイヴィンと仲良くなりつつあるらしい。

アイヴィンも私じゃなくて、アニータに興味を持てばいいのになぁと思いつつ、私はなんとなくその単語を口にした。

「国王陛下ねぇ……」

現在の国王の名前はスヴェイン＝フォン＝ノーウェン。

このノーウェン王国の名前は八〇〇年前から変わらない。つまり王家の血筋が一〇〇〇年以上続いているということである。諸外国から『千年王国』と畏怖(いふ)されたりしているのだとか。

素晴らしい統治だね。途中、うら若き乙女に冤罪ふっかけたりしているくせにね。

「きみは陛下に会いたいの？」

私がアーチェリーの弦を引いていると、今日のお目付け役アイヴィンが話しかけてくる。

集中しているときに話しかけてこないでってば……。

ちなみにアニータには「ダブルスのペアを探さなければならないから」と今日の放課後はフラれてしまった。

しかしまぁ、それは『シシリー』として答えればいいのか、『私(ノーラ)』として答えればいいのか。私が腕をゆるめて半眼で見返すと、彼は得意げに指を鳴らす。

……無駄に防音の結界を張ったね。まぁ、どのみち他の練習生とは距離を空けていたから（私の矢がどこに飛んでいくかわからないことを危惧して、アイヴィンが手配してくれていた。ちくしょー）、特に不自然はないでしょう。

だから、私も自然に答える。

「どちらかと言えば、会いたくないかな」

「でも歴史上、八〇〇年前は婚約者だったんでしょ？」

「その人の祖先がね。しかも、その祖先様に封印されてますから」

現代で生活し始めて二ヶ月少々。王様の似顔絵くらいは拝見したことあるけれど……どことなく八〇〇年前の婚約者を彷彿させてしまうので、私としては顔も見たくない相手である。『あなたの八〇〇年前の祖先にボロボロに捨てられたの』なんて恨まれても、今の王様も困っちゃうだろうけど。

だから肩を竦めれば、アイヴィンは視線を落とした。

「もし、八〇〇年前の当人に会えたとしたら――」

そのときだった。一瞬目を見開いたアイヴィンが慌てて手を払う。すぐそばで聞こえたパシッとした音に振り返れば、地面に折れたアーチェリーの矢が落ちていた。

「すまない！　急に強い風が吹いて――怪我は!?」

離れて練習していた生徒が慌てて駆け寄ろうとするも、アイヴィンは平然と笑みを浮かべながら両手で丸を作っている。

そのやり取りを呆然と眺めていると、アイヴィンが私の腰を抱いてきた。

「それじゃあ、次の競技を体験しに行こうか。強風以前に……全然弦を引けてなかったしね」

「ぐぬぬ……」

まともに構えることすらできなかったのは、ごもっともなんだけど……。

私は空を見上げた。コッペパンのようなふんわり雲は、その位置をまったく移動させていない。

その日の放課後は、目まぐるしく色んなことを体験した。

ボールを蹴ってみたり、砲丸を持ち上げて見たり、馬に乗ろうとしてみたり。

……結果として、私には何一つできなかったんだけど。

対して、アイヴィンは手本として全てを卒なくこなしていたんだけど。

「よし、次は空き地を探そう。より大きな雷を落としたほうが勝ちということで」

「いやいや、その正体を隠す気のない競技どころか体育祭も関係ないいし、そもそも俺らが勝負してるんじゃないからね？」

そんなこと言いながらも、「疲れたからアイスでも食べよう〜」と誘導されていたときだった。

ふと視線に入るのは、テニスコートの隅でモジモジしている少女だ。よれよれのテニスウェアを着つつも、緑の髪もボサボサで、表情に覇気もない。……見たことある風貌だね。まさに『枯草』という二つ名がぴったり当てはまりそうな、ネリア＝トラバスタ。シシリーの双子の姉である。

「そこにいられても邪魔だから退いてもらえる？　誰もあなたとペアは組まないから」

「そうよ。あなたの妹の代わりにお膳立てとかする義理はないからね」

……どうやらシシリー姉、クラスメイトからハブられているらしい。今まで面倒みてくれていた妹にそっぽ向かれたわけだからね。自分ではまともな身支度一つできず、成績も落ち込んで……今までのお友達にも見捨てられてしまった様子。

しょぼくれていた彼女も、私たちのことに気が付いたのだろう。とても恨めしそうにこちらを睨んでくるも、私は小さく笑みを返すだけ。

だけど、シシリー当人はそんな軽く流せないらしい。

（ネリア……）

（自業自得でしょ。それとも、またあなたが枯れるまで面倒見たいの？）

（それは……）

罪悪感を覚えているシシリーは優しいと褒めるべきか、それとも甘いと叱咤すべきか。

彼女自身が迷っている間は私も何も手出しはしない。

見て見ぬふりして「もちろんアイスは奢ってくれるんだよね？」とアイヴィンの腕を引っ張り通り過ぎようとすると、なんと他の人が声をかけてくるではないか。

えーと、誰だっけ。この短い茶髪に青い目の少年に見覚えがないわけでもないんだけど……。

その少年は堂々と私に指を突きつけてくる。

「シシリー＝トラバスタ！　ぼくという男がいながら、他の男に色目を使うとは何様のつもりだ!?」

「シシリー＝トラバスタ様ですが、何か？」

何様と聞かれたら、もちろん『シシリー＝トラバスタ』であるのでそう応えるしかないだろう。

だけど訊いてきた少年はこめかみをピクピクさせながら固まっているし、隣のアイヴィンは必死に笑いを堪えて引き笑いが堪えきれていないし……なんか色々おかしいな？

仕方ないので、私はシシリー本人に訊いてみることにする。

（この少年に覚えある？）

（あの……一応、わたしの婚約者の――）

（あー、いたね！　そんなの!!）

思い出した思い出した。名前は知らないけど思い出したよ。

シシリーの婚約者の新興男爵坊ちゃんだ。あまりにもバカっぽいので婚約破棄しようとしたんだけど、いきなりそれはまずいとアニータに怒られたから、現状保留にしていたやつ！

（ところで、シシリーはこの坊ちゃんと結婚したいの？）

（……お父様の命令だから）

（シシリーは彼のことが好き？）

（……悪い噂がいっぱいの御年配な辺境伯よりは、いいかなって……）

（よし、じゃあ在学中にもっとイイ男捕まえようね！）

やっぱり私の方針に間違いはなかったらしい。

そうと決まればバカよりアイスと、アイヴィンを引っ張って「それじゃあ」と立ち去ろうとしたのに。そうは問屋が卸してくれないらしい。

「い、いいのか⁉　貴様が不貞行為をしたとして、貴様の父に損害賠償を請求するぞ！」

「あ、それなら俺が立て替えるよ」

どや顔で鼻の孔(あな)を膨らませた（元）婚約者に、あっさり言葉を返したのはアイヴィンだった。

「俺、今までの給料ほとんど使ってなくてさ。王立魔導研究所に世話になるようになって一〇年……その給料とは別に成果給も結構もらっているから、婚姻前の慰謝料くらい軽く出せるよ」

「へぇ、じゃあ今日のアイスも奢りでいいんだ？」

「それもいつも奢ってあげてるじゃん……」

まぁ、別にアイヴィンが新しいシシリーの彼氏と決まったわけじゃないんだけどね。

シシリーの相手にはもっと真面目で誠実な人がいいし。

それでも、この場を流すのには申し分ないお話だろう。

「じゃあ、問題は解決だね。それじゃあ——」

と、今度こそ立ち去ろうとしたときだった。

「逃げろっ！」

そんな誰かの声がしたかと思えば、こちらを目掛けて突っ込んでくるのはお馬さんたち。

もちろんのごとく、顔色一つ変えないアイヴィンが私を横抱きにしたかと思いきや、そのまま浮遊して事なきを得たんだけど……。真下で大暴走中のお馬さんたちを見下ろしていると、アイヴィンがニコニコと訊いてくる。

「で？　誰にそんな恨まれているのかな？」

「これ、私のせいなの？」

ちなみにシシリーの（元）婚約者君は、暴走したお馬さんたちに巻き込まれて大変なことになっていたけど……すぐに騒動を知った先生たちが集まってきたし、私の知ったことじゃないかな。


たとえ何度聞いても、世の中には信じがたいこともある。

「本当にハナちゃんとダブルス組むの!?」

「毎日同じこと聞かないでくださる？」

今日は体育祭当日。なんかの間違いだとか、夢だったとか……そんな淡い期待を含めて、今朝もアニータに聞いてみたところ……やっぱり私の代役を転校生ハナ＝フィールドが務めることになったらしい。

朝からテニスウェアでやる気満々のアニータは髪型までいつもよりかわいい。いつもより高い位置で巻き髪を纏めていた。なのにサンドイッチを咀嚼してから、体育祭にちなんでアニータとお揃いの髪型にしてみた私を半眼で睨みつける。

「仕方ないので何度も言いますが、別にあなたを裏切ったなどというつもりはありませんからね。もちろんい……一番の、友達はあなただと……思っていないこともないですし……」

あぁ、今日も私の友人がとても愛い。

それだけで十分幸せなんだけど、やっぱり悔しい。

どうして、よりにもよってハナちゃん？

私も定期的に話しかけるようにしているんだけど、一向に仲良くなれる気がしないんだが。

「……アニータさん、朝練の時間」

そう近付いてくるのは、渦中のハナちゃん。運動するときも分厚い眼鏡は外さないらしい。それなのに、先日練習風景を見学させてもらえば、素晴らしい動きとアニータとの連携を見せていた。相変わらず見た目にあか抜けた様子はないんだけどね。それでも歌は上手い、運動も得意、勉強もそこそこできる様子……ハイスペックすぎるのでは？

「じゃあ、そういうことですので。応援、期待してますからね」

「はいはい。誰よりも派手に応援させていただきますとも」

こうなれば本気で光の横断幕を掲げて、ついでに花火でも飛ばしてやる。

だけど、そこまでするための魔力がシシリーの体にはまだ足りないから……魔力源となってもらえるアイヴィンを捜さねば。私も席を立ったアニータたちに続いて、食堂を出る。

いつもは呼んでなくても勝手に来るのに、用があるときに限って見当たらないとか……本当に猫のような男の子だよね。

食堂にもいなければ、購買にもいない。研究室にもこっそり転移してみたけどいなかった。

（後はどこにいると思う？）

（体育祭の当日って、朝から応援の場所取りしている生徒もいるけど……）

（アイヴィンがそんなことするかな？）

（だよね……）

そう心の中でシシリーと話しながら校舎の中からグラウンドを見たときだった。

たしかに競技ゾーンギリギリの場所にシートなどを置いている生徒が多数見られる。主に女子生徒が多いようで……まぁ、目当ての男の子を応援しようという魂胆なのだろう。それもまた青春だね。よきよき。

だけど、その中で――やっぱり蚊帳（かや）の外になってしまっているボロボロの少女が一人。彼女もまたシートを片手にその輪の中に入りたいのだろう。だけど入れてもらえず……結局は少し離れた場所にシートを敷く姿が、とても悲しげで。

（ネリア……）

心の中のシシリーがか細い声を出す。

しょうがないなぁ、と、私はグラウンドへと向かった。

「お姉ちゃん」

そう声をかけると、シシリー姉の肩が跳ねる。遠くからだと睨んでくるくせにね。近付かれると怖いらしい。少し前まで、あれだけ偉そうだったのに。周りの女子生徒は気合を入れてかわいい結い方をしているというのに、彼女だけボサボサの下ろしっぱなしである。

「ちょっと座ってもらえるかな」

「ど、どうしてわたくしが――」

「髪、結わいてもらいたくないの？」

こんなでもシシリーの姉。シシリー自身も、彼女と縁を切るつもりはないようだし……せめてもの情けというやつだ。ずっとシシリーに任せてきたせいで、自分で髪も整えられない彼女が、せめてスッキリとした髪型で青春の大イベントを終わらせることができるように――と、その絡まった髪を手櫛で梳かしていたときだった。

心の中のシシリーが懸命に声をかけてくる。

（わ、わたしにやらせてもらえないかな!?）

（……もちろん）

私は即座に、体をシシリーに明け渡す。するとシシリーは特に何も言うわけでもなく……ただただ黙って、姉の髪を梳く。その手つきはとても手慣れていて、慈しむように優しくて。

だけど肝心の纏める工程で、ゴムやリボンなどが何もないことに気が付いたのだろう。自分のリボンを一つ取り、それでパパッとかわいいポニーテールを作る。

「……後は自分で頑張ってね」

「あ、ありが……」

「ん？」

振り向いたネリアは何かを告げようとして、急に口を噤む。

「なんでもない」

「……そっか」

それだけ言って、シシリーは恥ずかしそうに踵を返していた。

まわりの女生徒たちが私たちを見ては、何やらコソコソと話している。だけど、俯きっぱなしのシシリーはそれに気が付いているのか、いないのか。

（このまま自分で体育祭に参加する？）

（お、お任せ、したいな!!）

（はいはい）

やっぱり逃げてしまうようだが、でもかなりの進歩だろう。現になんの種目にも参加できない体育祭を楽しむっていうのも、結構なハードルだしね。

焦らない、焦らせない、と私は体の主導権をもらい受ける。

さてはて、私は残ったリボン一本でササッと髪を束ね直しながら、辺りをきょろきょろ。そう――

派手な応援をするための助っ人として、アイヴィンを捜していたのだ。こうなったら初めから彼の言う通り、ポンポンでも作っておけばよかったと後悔しながらも見渡していると、

「危ないっ！」

聞こえたのと、誰かに抱き着かれたのはほとんど同時だった。

カタッとした音に視線を下ろせば、落ちてきただろう植木鉢がコロンと転がっている。助けてもらわなければ頭に直撃したのだろうと憶測しながらも、私は彼に笑みを返す。

「やぁ、アイヴィン。ちょうどいいところに！」

「絶対にその『いいところ』は助けたことじゃないよね？」

溜め息を吐かれても、私が捜していたのは事実である。だけど一応感謝を述べようとするも……何かが気になって。植木鉢が落ちてきたバルコニーは、あの緑が生い茂るところかな？　三階？　そこから落ちてきて割れてないなんて――不自然だよね。

「ちょっと借りるよ！」

「えっ？」

私はアイヴィンを抱きしめ返す。そして、彼の体から魔力を抽出し――取り出した魔力で私たちの周りに強固な障壁を張った。

……ギリギリだった。途端、植木鉢が大きく爆ぜる。破片が飛び散るのは当然のこととして、赤い業火が私たちの周りを覆いつくしていた。無論、熱は伝わってこないけど。

「……ごめん。今回ばかりは助かった」

「先に助けてもらったのはこっちだし、それはいいんだけど……流石に笑えない威力だね」

障壁が間に合ってなければ、私たちが焼け死んでいたのは間違いないだろう。

実際、アイヴィンは悔しそうな顔をしているけど、私も植木鉢が『割れていない』ことに気が付かなければ、魔力の痕跡など感じなかった。

それも硝煙(しょうえん)がはけてただの使用後となれば、ガラクタと一緒だが。擬態性能も含め、かなり高度な魔導爆弾だったのだろう。

「きみたち無事か⁉」

無論、これだけの大爆発が起これば、慌てた教師たちが駆け寄ってくる。他に巻き込まれた生徒らは……幸いにもいない様子。じゃあ、後の処理は先生たちに任せれば――と、ここは全て天才魔導士アイヴィン＝ダールに助けてもらったことにしようと、猫を被る準備をしたときだった。

私をそっと離すやいなや、肝心のアイヴィンは何も言わず大きく跳躍する。もちろん、魔術によるジャンプなのはいいんだけど……彼が着地したのは三階。爆弾植木鉢が落ちてきたと憶測できる場所。

これは犯人を追ったのかな？　どうせなら私も連れてってくれればいいのに。

だって先生を適当にあしらうだけなんて退屈じゃない？

「シシリー＝トラバスタ、何があったんだ⁉」

「いやぁ、それが……」

もちろん事件を隠して他の生徒らに危害が及んではいけない。

だけど大事になりすぎたら、せっかくの体育祭が中止になってしまう。

そんな二者一択を迫られながら、私は自分の都合のいいように言葉を紡いでいく。

「宣誓、我々は――」

努力の甲斐あって、無事に体育祭が幕を開けようとしていた。

グラウンドの台の前では、代表選手が来賓である国王陛下に向けて、半ば緊張した面持ちで誠心誠意、力を尽くすことを誓っている。

(あれが、現国王陛下か……)

その台の上に偉そうに立つ男を、私は遠くから見上げていた。

身に付けた豪華なマントの影響もあるのだろうが、体格がいい男だ。年齢は三〇代前半か。目を惹く鮮やかな金髪に、海を思わせる青い瞳。まさにナイスミドルといった見目麗しいおじさん……お兄さんである。その自信に満ちた堂々たる風貌は八〇〇年前の想い人にとても酷似していた。

(隔世遺伝というのもあるらしいけど、流石に似すぎじゃないかな)

(ノーラ、大丈夫……?)

心配してくる優しい同居人に、私は直接的な答えを返さず。

(シシリーは『稀代の悪女ノーラ＝ノーズ』のこと、どれだけ知ってる?)

(えーと……)

偉い人の話は長い。そして退屈。

だから、その間を少しでも有意義に過ごそうと、私はシシリーに尋ねてみれば。

シシリーは語る。『稀代の悪女』は当時の王太子『未来の叡智王ヒエル＝フォン＝ノーウェン』に己の罪を暴かれたことで逆上。その手で王太子を殺そうとするも、聖女に助けられて事なきを得た王太子に当時もっとも重い刑罰、『封印の刑』に処された、と。

（その『稀代の悪女』が何をしたかまで、伝わっているのかな？）

（不浄の素である瘴気を増殖する研究を成功させ、この世にあらゆる厄災をもたらそうとしたと）

（それを知っていて、私のことが怖くないの？）

私がそう問いかけたとき、台の上の国王はより一層言葉に力を込めていた。

「我らが偉大なる祖『叡智王ヒエル＝フォン＝ノーウェン』は稀代の悪女が自在に操ったという瘴気を封じ込めることに成功し、悪女自身も永久の檻に封じ込めた。我らは叡智王の知識と勇気を引き継いでいることを誇りと思い、正々堂々と己の知と武を競い合ってもらいたい。私はその勇気を全て見届けることを、ここに宣言しようっ！」

沸き上がる生徒らの声援の中で、ただシシリーだけが笑っていた。

（そりゃ怖いよ――半日体を貸しただけで、わたしの人生をガラッと変えられちゃったんだから）

（そっか）

つまり彼女にとっては――過去の諸々より、今の私の言動のほうが怖いということ。

すごく……すごく、泣きたくなるくらい胸があたたかい。

そんなとき、ツンツンと肩を叩かれる。

いつの間に戻っていたのか。アイヴィン＝ダールがこっそり私に耳打ちしてくる。

「さっきの犯人をまだ捕まえてはいないんだけど……逃げる後ろ姿だけは見えたんだ。きみの婚約者だったんだけど、どうする？」

その衝撃的な報告に、私は素直に驚けなかった。

大歓声を受けていた国王陛下が緩く微笑んだのち——たしかにこちらを見て、驚いたように目を見開いていたからである。


「もう欠席したほうがいいんじゃない？」

開会式が終わった直後にそう宣ってきやがりますのは、もちろん現在の天才魔導士アイヴィン＝ダール様である。そのえら〜い人のありがたい忠告に私は謝辞を述べた。

「お気遣いどーもありがとう。で、なんで私が嫌いなやつのためにずっと楽しみにしていたイベントを諦めなければならないと？」

「身の安全には代えられないだろう」

即答してくるアイヴィンはとても真剣である。

……本気で心配してくれているんだろうなぁ。

その真っすぐな優しさにちょっと心が揺れ動かないこともないんだけれど、

「それに楽しみって、きみの出番は最後の全員参加のクラス対抗リレーだけだろう？」

前言撤回。どーせ私はクラスにまともな友達が二人しかいない、ぼっちの寂しんぼですよ。

「でも応援するって約束したものっ！」

そう意気込んで行くのは、もちろんテニス会場だ。

私の一番の友人アニータ＝ヘルゲの応援である。女子ダブルスの試合で彼女のペアを組むのは、じわじわと友好の輪を広げている転校生ハナ＝フィールド。

気合の入ったツインテールが可愛いテニス姿のアニータは眩しいものの……ハナちゃんは今日も分厚い眼鏡の三つ編みスタイル。やっぱり眼鏡が邪魔じゃないのかな？

だけど、そんな私の心配が杞憂であるとすぐに判明した。

ハナちゃん、めちゃくちゃ運動神経がいい。スコートから伸びた黒タイツ脚を俊敏に動かし、どんな方向に球が飛んでこようとも、ものの見事に打ち返していた。アニータとのコンビネーションも見事なもので、彼女たちがポイントを入れるごとに大声援が巻き起こっている。

私が思わず見入っていると、アイヴィンが私の肩をトントンと叩いてくる。

「ほら、ヘルゲ嬢も見てのとおり大健闘しているしさ？　こうしてちょっとだけ試合も見たし、事情を話せばわかってくれるよ。ね、今日は一緒にサボろう。どうしようか、俺の研究室でのんびり過ごしてもいいし、いい機会だから町に出かけるのも楽しいと――」

「いやいや待って？　あなたも欠席するつもりなの!?」

腰に手を回して私を流れるようにエスコートしようとするアイヴィンを無理やり押し戻すと、アイヴィンは「もちろん」と女好きする笑みを浮かべていた。

「自分が言い出したのに、きみ一人に寂しい想いをさせるはずがないでしょ？」

「……あなた、本当に私のこと好きだよね」

「何度もそう言っているんだけどな～」

それでも私は、くるっと一回転。彼の腕の中から抜け出しては、私は見物席の一番最前列へと走る。

「アニータあああ！　がんばれえええええっ！」

喉も張り裂けんばかりに叫ぶと、ラケットを構えていたアニータが急に唇を噛み、顔を赤らめていた。

今日も私の友人がとても愛い。「そこ、うるさいですわよ！」と怒ったように私を指さしてくるから、尚更私はにんまりと笑みを返してしまう。

と、そんなときだった。誰かに腕を引かれる。まぁ、どうせアイヴィンだろうとなんとなく顔を上げれば――そこには思いがけない男の顔があった。

「君がシシリー＝トラバスタだね？」

……どうして、国王陛下が一落ちこぼれ生徒の名前を知っているのだろうか。

いや、シシリーとて侯爵令嬢だ。もしかしたら社交界という場で挨拶くらいしたことがあるのかもしれないけど……心の中のシシリーがブンブンと首を横に振っているから、どうやらそれもない様子。

だけど、私の腕を掴んだままの国王陛下が、にっこりと愛想笑いを浮かべてくる。

「先生方に聞いたよ。どうやら最近になって急に成績を伸ばしているそうじゃないか。頑張っているんだね。お家の事情は色々あるだろうけど、これからは家督に囚われない世の中づくりをしていくつもりだ。これからも未来を信じ、己を磨く努力を続けなさい」

「あ……はい、ありがとう……ございます……」

とりあえず生徒への激励のようであるから。

当たり障りない謝辞を述べてみるものの、緊張を解くわけにはいかない。

まだ、私に用があるようである。

「でも、どうやら体育祭の個人競技には参加しないようだね。健康上の理由でもあるのかい？」

「いえ、特にそういうわけでは……」

「運動が苦手とか？」

「苦手は……まぁ、苦手なんじゃないかと……」

否定したいものの、テニスでラケットがラリー相手に突撃した実績がある。

ここで見栄を張るのは得策でないとやんわり肯定し、そうそうに解放してもらおうとするのに……

なぜ、国王陛下は一向に私の手を離してくださらないのだろうか。

「体育祭というのは、もちろん運動能力の是非を問うものだが、開催の意義はそれだけではない。たとえ苦手な者がいようとも、それをフォローし合うことこそが生徒らに課せられた参加意義だと思うのだが……違うかね？」

そう問いかけるのは、周りの先生方らである。そう、ついつい着目し忘れていたが、国王陛下一人がフラフラと観客席にやってきたわけではない。案内の校長を含めた何名かの先生と護衛らしき騎士らがズラズラ。そんな大所帯で生徒らの観客席にやってきたのだから、当然私はテニスコート以上に注目の的である。

こんな風に目立ちたかったわけじゃないっ！

だけどシシリーの成績のこともあるため、なんとか文句を我慢していると、陛下の疑問符にブンブンと肯定する校長らを確認してから、国王陛下はようやく私の腕を離して手を打った。

「なら、彼女もまた競技に参加させるべきではないだろうか？　参加枠が空いている競技はないのか？　それこそ、たしか彼女のクラスには他にも競技未参加の生徒がいたと思うが、彼もまた一緒に参加させてみればどうだろうか」

そんな国王陛下の善意を断ることができる公務員など、どこにいるだろうか。

「てか、学園の先生方って公務員だったんだね」

「そうだね。王立魔導研究所もそうなんだけど……この学園も国が運営しているからね。実質上のトップは国王陛下というわけだ」

「なるほど？　だから、流石の次代賢者様もご命令には逆らえないと？」

「……ま、大々的にはね」

というわけで、クラスで唯一何の競技にも参加登録していなかった私とアイヴィンは、半ば強制的に男女混合ダブルスに参加することになりまして。

……ま、それはいいんですよ。私はハナから何かに参加したかったんだから。

アニータとアイヴィンに止められていただけで。

だけど、この対戦相手だとは聞いていない。

「ぼくが勝ったら、婚約破棄云々の発言を全て謝罪してもらうからなっ！」

コートの向こう側にいるのは、私に爆弾型花瓶を落とした疑惑が浮上しているシシリーの婚約者の……二年生の……えーと、名前はなんだっけ？

「俺の超短時間調査によると、彼も陛下のほうから声をかけたらしいよ」

「私は何も聞いていないのだけど？」

「『めっちゃ不満』と目が語ってたからね。ま、せっかくのお膳立てだからさ。ここで堂々ぶちのめしちゃうのはどう？　公衆の面前で恥かかされたら、今後は彼も大人しくなるでしょ」

「ぶちのめす、ねぇ……」

本当に物理的にラケットスマッシュでぶちのめす未来しか見えないんだけど？

別に名前を覚える気のないシシリーの婚約者の鼻が潰れようがいいんだけど、彼と組んだ女子にラケットが飛ぶのはいささか可哀想である。

そう悩んでいると、アイヴィンが耳打ちしてきた。

「あのペアの子、きみの後釜を狙っているらしいよ？　彼の人間性はともかく実家は裕福だからさ。『枯草令嬢』への陰口はもちろん、上履きを隠したりしたこともあるんだとか」

「よし、それなら問題ないかな！」

そうと決まれば、話は早い。私はラケットを握った手をブンブンと回してから、それを対面コートにいる婚約者君へ突きつける。

「そっちがその気なら、私たちが勝ったら、すっぱり私のことを諦めなさいよね！」

「ふんっ、『枯草』が何かをほざいたところで誰が言うことを聞くと――」

「あ、サーブこっちからだねー」

鼻息荒くする婚約者君をよそに、アイヴィンが審判からボールを受け取る。

トントンと手慣れた様子で地面に弾ませる様子を見ると……テニスもなかなか上手いんじゃなかろうか。ただでさえ魔術の天才で美男子なのに運動もできるとか……そりゃあ、他の女生徒たちが観客としてきゃあきゃあ集まってくるというもの。その中にちゃっかり国王陛下も立っているのがなんとも微妙だけど。

「よーし、それじゃあいこうか」

アイヴィンはボールを上に投げ、ラケットを振る。

私は前を向いて、アニータに教わっていたとおりラケットを両手で持ちながら腰を下げていたんだけど……いつまで経っても、打球音が聞こえてこない。

ゆっくりと振り返れば、アイヴィンの足元にボールがコロコロと転がっている。あら？

「アイヴィンさん？」

「俺、実はテニスだけは苦手なんだよね」

「はぁ⁉」

――そこからは語るまでがない。敵から攻撃を受けるだけの一方的な試合の始まりだ。

あ～、婚約者君の高笑いが止まらない。何が悲しくて、男の高笑いを聞かなきゃいけないのか。

私も必死に応戦しようとしているんだけど……どうもラケットが手から抜けないように気を付けていると、ラケットを振るのが遅れてしまうのである。

試合途中、アイヴィンが真面目な顔で提案してくる。

「こっそり魔術を使ってもいいかな?」

「いや、ルール違反はダメでしょ」

「でも……勝ちたいじゃん?」

そりゃあ私だって、あんなやつに負けたくない。謝罪なんてまっぴらである。

だけど……あくまでそれは、私の事情だ。

「あなたにはそこまでして勝つ理由もないでしょ。このまま早く試合が終わったほうがむしろ得まであるんじゃない?」

「この勝負に勝ったら、好きな女がフリーになるんだよ? 本気を出さないわけがないでしょ」

演劇部の舞台の後に、けっこうハッキリ言ったつもりなのに……。

彼の態度や気持ちは、本当一向に変わらないね。

「……あなた、ほんとに私のこと好きよね」

「この世にきみより強い女性なんていないと思うからね」

「その好みはどうなの?」

私はいつもの調子で肩を竦めるけれど……本当にどうかと思うのだ。

私は『稀代の悪女ノーラ＝ノーズ』で、今を生きるシシリー＝トラバスタではない。

八〇〇年前の亡霊だ。アイヴィンは私の本当の姿も見たことがない。あのしわくちゃになった、それこそ枯草のような老婆の姿を。しかも、その亡霊は世界中に嫌われた悪女なのだ。

私が封印されるときの歓声を、私は今でも思い出せる。それこそ――隣のコートで今、決勝のスマッシュを決めたハナちゃんが浴びているよりも、大きな歓声。良かったね、アニータ。無事に優勝できたんだね。

友達が、あんなに楽しそうに青春しているのだから。私だって、今度は純粋に私を讃えてくれる歓声を浴びてみたい。素直に羨ましいもの。

「……私だってめちゃくちゃ勝ちたいよ」

だって――と、私は両手を腰に当てて、鼻を高くしている婚約者君を睨む。

「ルール違反しているやつに負けるの、癪だよね」

「お、やっぱり気が付いていた？」

ニヤリと笑ったアイヴィンに、私は頷く。

あいつら、堂々と魔術を使ってズルしているのだ。

「そんな見くびらないでほしいけど……でも、あまりしっくりこないんだよね」

正々堂々がモットーとされるスポーツの場でズルをするという性格は何も違和感ないのだが。

だけど、あの婚約者君にあんな繊細な魔術が使えるのかな？

ズルといっても、スポーツにおける魔術の使用はなかなかデリケートである。

彼らは打球時における威力の向上と、狙い通りの場所を打ち抜くためのボールコントロールを魔術で制御している。しかし威力が高すぎればラケットが壊れる。ボールコントロールも口で言うのは簡単だが、三次元における位置の把握能力と打球速度を殺さないための風の操作が必要だ。しかも、それらを瞬時に、ほぼ同時に行使しなければならない。

アイヴィンや私クラスなら鼻歌を歌いながらできるけど、それは天才だから。学生レベルの宿題を手伝わせようとする頭に花を咲かせた坊ちゃんに、果たしてできるものだろうか。

「それで、俺らはどうしよっか。魔術、使う？」

「相手の土俵にわざわざ下りてやるのもどうなのかと思わない？」

「ちなみに魔術勝負になったら、俺、勝つ自信あるよ？」

「そりゃあ私だって余裕ですけど」

でも、私のルール違反はシシリーの違反になる。

私だけならともかく、彼女に汚名を着せるのは……。

（わたしなら……大丈夫だよ？）

（私が嫌なんだよ。それに……シシリーはあいつと婚約破棄、あまり望んでいないでしょ？）

心の中のシシリーに問えば、彼女は視線を落として笑った。

（彼のことはもちろん好きじゃないんだけど……お父様がね、なんて言うかなって）

シシリーのコンプレックスを作ったのは、どうやら彼女の父親らしい。

血を分けた親子なのにね。望んで生まれた子供なのに、どうしてそんなひどい仕打ちができるのか……私にはさっぱりわからないし、わかりたいとも思わないけれど。

（今度の里帰り、楽しみだね）

体育祭が終われば、いよいよシシリーを泣かせてきた両親との対面である。夏に長い休みがあるらしいから、そのときに『お姉ちゃん』と帰るのがいいだろう。そう――今日が終わっても、また次の楽しみがあるのだ。シシリーと過ごす青春はまだまだ終わらない。

「それなら尚のこと、綺麗な身でいないとだよね」

「ん？　きみは十分に綺麗だと思うよ」

「ばか。そういう話じゃないって――」

呑気に話しながらも、今はテニスの試合中。

こうしている間にも、名を知る気もない婚約者君は、サーブを打とうとボールを真上に投げていた。よくよく考えれば、『サーブが打てる』ってだけでも私より運動神経はいいんだろうね。これでズルをしていなければ、名前くらい聞いてあげたのに……なんて考えていると、彼の後ろの観客席にいた人物がひときわ目に付いた。

国王陛下である。そういや、現国王陛下の名前はなんだったか……。

小気味いいサーブ音が歓声の中に響く。歓声といっても「アイヴィンさまぁ♡」と色男を応援する声ばかりだ。そんな中で、その一陣の風はやたら不自然にボールを押して、真っすぐに私に迫ってくる。あ、当たる。

「ノーラっ!?」

その名前で呼んじゃダメだってば。

でも音として自分の名で呼ばれたのは、何百年ぶりだろう。

相反する気持ちに口を動かせないでいる間に、私の目の前で色男君が倒れる。

アイヴィンが私を庇って、豪速球を頭で受けてしまったらしい。

「……アイヴィン？」

ちょっと何をしているの？　ほら、次代の賢者様なんだから。そのくらいお得意の魔術で防ぐなり躱すなりしないと。体を張る前に魔力を練ってこその賢者じゃないのかな。

（ノーラ！　早く治療を!!）

シシリーが私を叱咤してくるなんて、初めてじゃなかろうか。

この短い間に彼女もこんなに成長しているのに……私はなんで呆然としちゃっているんだろうね。

気を引き締めて、私はアイヴィンの怪我の具合を確認する。猫毛の柔らかい髪を持ち上げてこめかみを見れば、そこから血が出ていた。どうやら掠っただけらしく、傷も深いわけではないようだ。

私は考える前に止血の魔法を使っていた。このくらいの治療なら、シシリーの魔力量でも十分だからね。元より、シシリーの心の成長に合わせて、魔力量もどんどん増えているし。魔力なんてそんなものだもの。

いつの間にか駆け寄ってきていた先生たちが「シシリー＝トラバスタ!?」と驚いた声をあげている。

「あ、ごめんなさい……」

そうだった。ここじゃ、生徒が直接魔法で治療しちゃいけないんだっけ。憑依した初日に、ちゃんとアイヴィンから教わっていたのにね。ダメだ、気が動転している。

そんな自分に、思わず笑みが零れた。

ちょっと仲良くなったクラスメイトが気絶しただけで、こんな体たらくに陥るとは。

たとえ落ち着いていなくとも、このくらいの治療を失敗する『稀代の悪女』様ではない。軽量化の魔法を使いつつも、アイヴィンを持ち上げ、私は「医務室に運びます」と先生方に宣言する。

観客もアイヴィンの負傷に動揺している中で……ただひとり、バカが何かを叫んでいる。

「勝負から逃げるのか⁉　ぼくの不戦勝でいいんだな‼」

私の中で、何かが切れた。

私はアイヴィンを近くの先生に預け、転がっていたボールとラケットを拾う。そしてボールを真上に投げては、思いっきりラケットを振った。

魔力でズルなんかしない。正真正銘のフルスイングである。

その結果――ラケットが婚約者君に飛んで行って、その無駄に伸びた鼻頭にゴッンとぶつかったところで不可抗力なのである。私の全力のテニスがこれなのだから。

「誰がお前なんかと結婚したいか、ば――――かっ！」

私の大声にガヤガヤしていた観衆たちも静かになって。

その中で、場に不釣り合いのパチパチとした拍手がいくつか聴こえた。

隣のコートのアニータである。あ、控えめにハナちゃんも拍手してくれている⁉

それに釣られて、観衆たちもチラホラと拍手をし始めた。あら、国王陛下までも。

盛大な拍手に見送られ、私は再び気絶しているアイヴィンを医務室まで運ぶ。

そんな中で、鼻血を思いっきり流した名も知らぬ婚約者君だけが顔を真っ赤にして悔しそうな顔をしていた。

保健室でアイヴィンを寝かしたあと、私は担任の先生から指導を受けていた。

「生徒同士の治療魔術の行使は禁止――それは生徒手帳にも明記されている我が校のルールだ」

「はい……」

「理由は治療魔術は少しの乱れが取り返しのつかない惨事になり兼ねないからだ。医術師資格のハードルが高いことは有名だろう？　その専門学校への進学難易度の高さを知らないとは言わないな。最近、君が成績をぐんぐん伸ばしていることは私も知っている。だけど慢心してはならない。君は未熟だからこそ学生なんだ。慌てなくていい。今は自分ができることを、少しずつ増やしていきなさい」

「はい、すみませんでした」

……なんていい担任なんだろう⁉

ただ怒るだけでなく、私の気持ちを鑑みた上での理知的な指導。思わず泣けてきてしまう。

さらに、担任の先生は「あと……」とつややかなこめかみを掻きながら言いづらそうに話してくる。

「貴族同士のしがらみもあろう。政略結婚として、卒業後に嫌々ながら嫁いでいった女生徒たちを、私も多く見てきた」

そして、先生は私の肩を叩く。

「個人的に、私は君を応援する。困ったことがあれば相談してきなさい。どれだけ力になれるかわからないが……身寄りがなくなったところで、奨学金の案内や就職先の支援ならできる」

「……はい、ありがとうございますっ！」

もうシシリーの将来、この先生の助手とかでいいんじゃないかな⁉

先生の専門なんだっけ……歴史学か。くっそ、シシリーの得意分野と違う‼

（いや、そんな悔しがらないでも……）

（なんでよー。師を選ぶことは大切だよ？）

心の中でそんなことを話していると、先生は「それじゃあ、彼が目覚めるまで傍にいてやるように」と先生が保健室から出て行く。「ありがとうございました！」と頭を下げながら見送って、私はアイヴィンの眠るベッドの隣の丸椅子に座った。

「……で、いつまで寝たふりしているのかな？」

「いやぁ、先生の説法を邪魔しちゃいけないと思ってね？」

そう苦笑しながら、ゆっくりと起き上がろうとするアイヴィン。

私はそんな彼の肩をそっと押す。

「せっかくだからゆっくり休んでなよ。けっこう強く頭に当たったったんだから」

「きみが治してくれたんだ。何も問題はないんだろう？」

「随分な信頼ですこと」

そりゃあ、後遺症など残らないように完璧に治療できたと思うが、万が一があるといけない。先生が言う通り、治療という行為は本当にデリケートなのだ。

だけどアイヴィンは私の言うことなど一切聞かず、身を起こしては布団の上で頬杖をつく。

「きみの本体から、また魔力を借りたの？」

「いや、シシリーの魔力を使わせてもらったよ。だいぶ強くなってきたからね」

シシリー本人が使うなら、まだ人より弱いかもしれないけれど……これでも八〇〇年前は大賢者と呼ばれた女だ。人より魔力を操る感覚やセンスは高いと自負している。そんな私が使えば……十分に学生の上位に食い込めるのではないだろうか。そりゃ、現在の天才魔術師さまには劣るかもしれないけど。……今は、まだ。

そんなときだった。鈴のような音が聞こえる。その後、一瞬耳が詰まったような感覚が襲ってきた。

この感覚に、私たちは覚えがある。

「アイヴィン、この結界――」

「俺なりに憑依の術式を調べてみたんだけど、本体の魂が弱ったタイミングで、きみが乗っ取ったんだよね？」

結界に閉じ込められた感覚が、アイヴィンにわからないはずがない。

つまり、今結界を張ったのは――

その術者に、私は肩を竦めて会話を続ける。

「言い方があれだけど……まぁ、そんなとこかな。ただ私もきちんとしたやり方がわかっているわけじゃなくてね。今回ばかりはノリと流れで憑依しちゃったと言いますか」

「そんな世紀の大禁術をノリで成功させないでよ。本当に……ノーラ＝ノーズは天才なんだな」

「だてに派手な異名が八百年続いてないよ」

完全密室の結界。当然、音も外に漏れることがない。だからこうして、聞かれてはならない秘密を話すにはたしかにこれ以上ない場所となる。一応構成を確認してみるも……『成功』した結界は、空気の心配もほとんどなさそうだね。

「それで、二人っきりの密室で何がしたいのかな？　こないだは私を殺したかったようだけど？」

それを気軽に問いてみせれば、アイヴィンは「くくっ」と笑い出す。

「やっぱりバレるよね」

「そりゃあ観劇会のときと全く同じものを使われたらね。ただ、あのときより精密そうで解きやすそうだから……今回はちゃんとあなたが張った結界のようだけど」

「あのときは本当にごめんね。窒息させるつもりはなかったんだ。魔力が十分な新入生二人を選んだつもりなんだけど、あんな未熟だとは。ただちょっと怖い目を見てもらいたかっただけで、殺すつもりなんて本当になかったんだよ。頃合いを見て、俺が外から解除する予定だったし。本当に……最後の出番には間に合わせてあげるつもりだったんだ」

そう軽口のように言いのけた後、「信じて？」と見せてきた顔は、無駄に色気のある表情だ。

それに向かって、私は軽く肩を竦めてみせる。

「それで、何が目的でせっかくの晴れ舞台の邪魔をしてくれたのかな。事の次第によっては、ただじゃおかないけど？」

「まず、きみが本当にノーラ＝ノーズなのか確かめるため。稀代の大賢者だったら、あのくらいの結界は解けるだろう？」

「まぁ、無駄にこんがらがってなければ……ね」

観劇会時の結界は、本当に『失敗作』だったのだ。でなければ、脱出にあんな手こずることはなかっただろう。シシリーがいなかったら……と、思い出すだけで背筋が凍る。

そんな嫌な思い出を、アイヴィンはろくでもない言葉で上塗りしてきた。

「あと、俺に惚れてもらいたかった」

「はあ⁉」

人が生きるか死ぬかってときに何を言っているの⁉

私が大口を開けても、アイヴィンは欠片も狼狽える様子がない。

「まさか、きみの中で『シシリー＝トラバスタ』の意識が残っているのは意外だったけどね。きみが『ノーラ＝ノーズ』であろうとなかろうと。彼女が何者かに体を乗っ取られていたのは明白だったから。高い魔術の素養がある者に恩を着せたいなって思ったんだよ」

まるで、それは全てを諦めようとしているように。

だけど何かに縋りたいと、泣いているようにも見えた。

「そして、俺に協力してもらいたいと思った」

「私に何をさせたいの？」

「研究の手伝い」

そんなの、声を震わせて頼むことでもないと思うんだけど……。

それでも、アイヴィンはどこか不安げな様子を変えない。

「『稀代の悪女ノーラ＝ノーズ』といえば、その悪名はあれど元は歴史上最大の天才の名だ。八〇〇年前……今はなき『魔法』という奇跡の知識と、その天才的な頭脳。それらを利用して、俺は自分の研究を完成させたい」

「人形の研究だったら、そこまでしないでも普通に相談してくれれば――」

「人体錬成と死者の蘇生……と言っても？」

その単語に、思わず私は閉口する。

それは奇跡の力を行使する魔導士全員が一度は夢見ることであり、誰も成し得たことがないこと。成し得ようとしてはいけないこと。

「それ、人の身で行えることじゃ――」

「そ。神への冒瀆として、今の世でも特級の禁術指定を食らってるよ。それでも、俺にはどうしても生き返らせたい人がいる。そのために、俺はノーラ＝ノーズの力を借りたい」

とんでもないこと言い出したね……。

全身から嫌な汗を掻きっぱなしで、体が寒い。

この場から逃げたくても、結界を解かない限り逃げ出すことはできないだろう。

かといって、安易に「はい」と言えることでもないのだけど。

「……何回も私を殺そうとした人に、協力なんてするとでも？」

「ちなみに、最近きみのことを狙っていた攻撃は俺じゃないよ。むしろ狙われているのは俺だろうな。きみを巻き込んでしまったのはすまないと思っている」

「どういうこと？」

「言葉の通りだよ。だから、あの婚約者君の植木鉢やテニスの攻撃も、主犯の目的はきみじゃなくて俺だったんじゃないかな」

「その主犯って一体――」

そう、疑問符を返そうとしたときだった。

結界の外から感じる巨大な魔力。密室状態のこの場所から感じるなんて、よほどの大きさだ。それこそ最近似た魔力を感じたのは、殺人人形に攻撃されたときのような――そして、それに今度はアイヴィンも慌て始める。

「ノーラ！　こっちへ」

「どいつもこいつも、私を舐めないでほしいかな！」

シシリーの婚約者君といい、アイヴィンといい。

せっかくの楽しみにしていた体育祭の日に、どいつもこいつもごちゃごちゃ言ってくれちゃって。

流石の私も堪忍袋の緒が切れるというものである。怒っているのだ。せっかくシシリーと一緒に楽しもうとしている青春を邪魔してくる男どもめ、私を誰だと思っているのかな？

――来い、私の魔力！

こんな私怨に、シシリーの魔力を枯渇させるのは忍びない。

成功している結界の中からならば、無形の魔力を通すことも容易い――というか、私がそうできるように今回は敢えてそう設計されているかもしれないね。

それはともかく、少しのシシリーの魔力を媒体に、私は自らの死にかけの体から魔力を呼び寄せる。

その巨大な魔力で緻密な結界の術式など、全て容赦なく焼き尽くし――

「のぞき魔なんて趣味悪いんじゃないの!?」

私は急いで廊下へと飛び出した。

外の術者も、暴力的な方法で解かれた結界に驚いていたのだろう。編んでいた魔力の解除していて。

だけど、廊下で一人立ちすくんでいた人物に、まさか私が驚かされる羽目になろうとは。

豪奢なマントを纏う、金髪が凛々しい美形中年。

その顔は、流石の私もひと目で覚えさせられている。

「なんで、こんな場所に国王が……？」

「この魔力……やはり、おまえはノーラなのか？」

いま練られていた魔力は、明らかに攻撃を目的としたものだった。

それを私が迷わず判断できた理由は……それが現在使われている『魔術』を基盤にしたものではなく、今は空想の産物だと笑われる『魔法』を踏襲したものだったからだ。

たとえ、あらゆる禁書を閲覧できるであろう王族のトップとて、そうそう簡単に八〇〇年前の技術を扱えるものだろうか。それに、ここ数日多かった危険な目はアイヴィンを狙ったものだと彼は話していた。結びつけて考えるならば、国王陛下がアイヴィンの命を狙っているということになる。その名の通り『王』が管理しているだろう、王立魔導研究所のエリートである、若き天才魔術師を？

いや、それより今、問題視すべきなのは――こいつは私を見て、なんて言った？

『やはりお前はノーラなのか？』と私の名を呼んだ男は、その青い目を涙で滲ませて。

「会いたかった……ずっと、ずっとお前に会いたかった！」

強く、私を抱擁してくる。

私は反射的にそいつを突き飛ばした。

「どの口が言っているのかなっ！」

「あぁ、やはりお前なんだな。ノーラ」

だけど、こいつはなぜか、私を恍惚とした目で見下ろしてくるのみ。

たとえ現在『叡智王』なんて名を残していたとしても、八〇〇年前の人物が生きているはずがない。

だけど、こいつは『ノーラ』と呼んだ？

そして『会いたかった』と宣った？

反吐が出る。……目の前の国王陛下が、八〇〇年前の私の婚約者・ヒエル＝フォン＝ノーウェンなのだとしたら——尚のこと反吐が出る。

「あなたは自分が何をしたのかわかっているの⁉　あなたは、私を——」

「あぁ、当時は本当に愚かなことをした。お前の才能を妬み、都合がいいだけの女に現を抜かし……時を重ねるごとに、魔導を極めれば極めるほど、自分の愚かさを呪うばかりだった。どうか、お前がここにいる奇跡に免じて、僕に謝罪のチャンスをもらえないだろうか。僕にはやっぱり、お前しかいなかったんだ」

……意味がわからない。

もう、八〇〇年前の人物が生きていることは後回しだ。

人を冤罪に追い込み、八〇〇年をも封印してくれた張本人が、何を言う？

やっぱり、お前しかいなかったんだ？

私がどれだけ悲しかったのか知っているのか。

私がどれだけ惨めだったのか知っているのか。

私がどれだけ悔しかったのか知っているのか。

私がどれだけ絶望したのか知っているのか。

「……寝言は寝て言いなさい」

というか、死んでくれ。私もどうせ、すぐに死ぬから。

なぜ、八〇〇年も経ったあとに……そんな戯言を聞かされなければならないの？

あまりに悔しくて、言葉すら出てこない。代わりの涙なんか要らないのに。

それなのに昔の面影を残すヒエル陛下が、両ひざをついて、私の両手を掴んでくる。

「すまなかった。本当に、僕は取り返しのつかないことをした。どうか、その償いを……今まで以上の時をかけて償わせてほしい。そしてどうか、僕の本当の伴侶となってくれ。この世の全てを君に捧げると永久に誓おう」

「絶対に願い下げだね」

とっくに風化したはずの想いがこみ上げてくる。

孤児だった私が欲しかったのは、本当の家族だった。

能力の高さゆえに孤独だった私が欲しかったのは、ただの友人だった。

たとえ政略結婚だったとしても……王族とて、魔導の道を共に歩んだ彼だったから、立場が変わろうとも、時に喧嘩して、時に笑って、そんな道を共に歩めればと。

そんな淡い期待を持っていた頃を思い出してしまう。

だからといって、妄執（もうしゅう）に囚われるほど愚かなつもりはない。

私は彼の手を思いっきり振り払う。

「もう二度と、私の前に現れないで」

そして昔の男の顔を見ることなく、私は踵を返した。

どうして八〇〇年前の男が現在を生きている？

いや、面影はあれど、まったくの同一人物ではなかった。

だったら彼がこの世に意識を残している理由は、まさか私と同じ……？

私が顔を上げると、アイヴィン＝ダールがそこにいた。心配してくれているのが、顔つきでわかる。

珍しく何も声をかけてこないのは……そりゃそうだよね。こんな八〇〇年越しの修羅場を見せつけられたとて、何も言えないよね。

だって彼は正真正銘の一八歳だもの。そんな人生経験を積んでいるほうが怖いくらいだ。

だから、私のほうから彼に向かって笑いかける。

「見苦しいものを見せたかな？」

「そんなことない。カッコよかったよ」

「それはどうかな」

私が重たい瞼（まぶた）を隠した直後。

「なんだ、ノーラはその男が好きなのか？」

背後から聞こえる男の声に、私は舌打ちを隠さない。

それなのに、哄笑（こうしょう）にも似た耳ざわりな笑い声が聞こえるから、思わず振り返ってしまえば。

そいつはなぜか得意げに笑っていた。

「その体が好きなら、安心するといい。もうすぐ僕のものになる！」

「ふざけたことを抜かすなっ！」

叫ぶと同時に、私は魔力を放っていた。ろくに編んでいない魔法に秩序はない。だけど周囲の窓ガラスを割り進む衝撃に、ヒエル陛下が安堵（あんど）したように微笑む。

「もう少しだけ待っていてくれ。すぐ、その体を我が物に――」

そして衝撃波が直撃する前に、そいつは消えた。転移したのだろう。

「くそっ」と毒づくと同時に脚の力が入らなくなる。

あぁ、しまった。とっさにシシリーの魔力を使っちゃった……。

ごめんね。ごめんね、シシリー。

だけど倒れる寸で支えてくれたのは、アイヴィンで。

彼はか細い声で謝ってくる。

「ずっと黙っていてごめん。俺の体ね、国王の次の器として狙われてんの。国王は八〇〇年間、嫡子にどんどん憑依していて……だけどそれが仇となって、王族の短命化が続いているんだ。だから、今度は血族外で試すんだって。それが俺なんだって。ふざけているよね」

だけど色んな理由をつけてアイヴィンも身体の提供を引き延ばしているため、しびれを切らしたあいつが強硬的な手段に出始めているらしい。自分のまわりが傷つくことでアイヴィンが諦めるならそれでよし。アイヴィンが多少の怪我をしたとしても、最高峰の医療魔術である程度はどうにでもなるから、と。

たしかにふざけている。とにもかくにも、全てがふざけている。

だけど、それにはアイヴィンも含まれてしまっているのではないかな。

「なら、どうして王立魔導研究所に……？」

「それでも、俺は最先端の場所で研究がしたいから」

それは、誰かを生き返らせるという研究の……？

それを追求しようとしたときだ。

「ちょっと、あなたたちはいつまで油を売ってますの⁉」

ズンズンと近付いてくるのは、私の大好きなアニータである。

怒っているのは、もはや愛嬌。そのいつも通りの彼女は「なんでこんなにボロボロですの⁉」と割れた窓ガラスに驚きながらも、やっぱり大股で近付いてくる。

「アニータ、どうした――」

私が最後まで尋ねる前に、アニータは大真面目な顔で言い放った。

「どうしたもこうしたも、これから後夜祭のパーティーですわよっ！」

どうやら、とっくに閉会式は終わっていたらしい。

我がクラスも優勝……とまではいかなかったらしいが、準優勝。女子テニスを含めて、活躍した生徒が多かったようで、クラスの活気はとても高いとアニータ談。

だけど、しっかり成績を修めた彼女の口はひん曲がっていた。

「そんな気はしてましたのよ。だってあなた、競技競技とばかり言って、全然ドレスの相談とかしてこないんですもの。まさかパーティーの有無すら知らないとは思いませんでしたけど！」

あの後、私はアニータに強制連行された。場所はアニータの私室。なんと彼女は私がドレスを持っていないことも想定して、二着用意してくれていたらしい。

なので、私は化粧台の前に有無を言わさず座らされている。

(シシリーはパーティーのこと知ってたの？)

(そりゃあ、まあ……。でも、いつもネリアの準備を手伝った後は、制服で会場の隅っこにいただけだったから。わたしのほうこそ伝えてなくてごめんね)

(それじゃあ、今晩は全力で楽しまないとね！)

なんとこの学校、大きな行事の後には必ずと言っていいほどパーティーが開催されるらしい。流石お貴族が主体の学校である。

私の化粧をしてくれているのは、アニータの侍女さんだ。アニータ本人は自分で全ての用意ができるということで、今もテキパキと準備を進めている。なんてハイスペックお嬢様。

「ほら、シシリー様。まばたきを控えてくださいまし」

「あ……すみません」

対する私は、されるがままだというのに怒られる始末。

昔から人にやってもらうというのが苦手なんだけど……だけど、これもアニータの善意だ。ムズムズするのをグッと我慢。

思わず鼻の上にしわを寄せていると、アニータが言った。

「あなたが話さないことをわざわざ聞くつもりはありませんが、これだけは言わせてくださる？」

「何かな」

「あたくしは友人に手を貸すことを億劫だと言うほど、狭量な人間じゃございませんから——泣くほどツラいことが起きる前に、今度は相談してくれても構わなくってよ」

「アニータ……」

私の腫れぼったい瞼に、彼女は気が付いていたのだろう。侍女さんが目の周りの化粧に悪戦苦闘しているのも、そのせいか……そうだよね。本当に申し訳ない。

思わず苦笑して、また侍女さんに顔を固定された私は鏡の向こうのアニータに目線だけ向ける。

「じゃあさ、泣くほど困っているわけじゃないんだけど、聞きたいことがあって」

「パーティーマナーでもなんでも遠慮なくどうぞ？」

「今からのパーティーに、国王陛下は……いる？」

私の質問に、アニータはいつもより長いまつげをパチパチとさせた。

「閉会式後にお帰りになったはずですが……あなたまさか、王妃になろうなんて考えてませんよね!?」

「あはは〜。……そんなの、死んでも嫌」

鏡に映る私の目は、とても笑えていないけれど。


とにもかくにも、パーティーである！

パーティーといえば男女の出会い！　これはシシリーのお相手を探すしかない!!

（パーティーへの偏見がひどい）

（でも、学校中の男子を一度に見られるいい機会だよ！）

私はシシリーに体を借りている身。自分の過去より、シシリーの未来のほうが八〇〇倍は大事である。

そのためには婚約者。

あんなダメ坊ちゃんよりイイ男。

「事情はお察ししますけど、そんな血走った目の女性に近付いてくる殿方はいないと思いますわよ」

「たしかに……」

パーティー会場はとても華やかだった。私たちを含めて着飾った女生徒たちのカラフルな華に、シャンデリアの明かりなんて眩んでしまうほど。

その中で、真っ赤なロングドレスが目を引く女性がひとり。ハナちゃんである。いつも通りの眼鏡に、黒のレースで肌の露出が少ないながらこそ、その存在感が抜群。男女問わず、やっぱり話しかけられている様子だ。

そんな羨ましいハナちゃんを視界に収めながら、アニータに聞く。

「アニータはハナちゃんとお喋りしなくていいの？」

「ペアで優勝した手前、あとでご挨拶はしますが……あたくしも変わり者な友人の監視で忙しいんですの。だって手当たり次第に求婚し始めそうなんですもの」

「……しないってば、そんなの。そもそもイイ男が――」

「そこのかわいいお嬢さんたち、俺らと一緒に楽しい時間をどうですか？」

話しかけてくるのは、いつもの色男アイヴィン＝ダール。周りの女生徒たちの視線が痛いのは今更だ。

私は彼を無視して、アニータに肩を竦める。

「チャラ男は論外だしね」

「ちゃーんと俺、きみたちの話が聞こえてたからね。俺にだったらいくらでも求婚してくれていいよ？　卒業後に三食昼寝付きのぐーたら生活を保障してあげようじゃないの」

だけど、今日はいいアクセサリーを連れてきてくれたらしい。

隣のクラスで、魔導解析クラブで一緒のマーク君である。あの魔力がとても綺麗な男の子だ。話したくても、いっつもアイヴィンが出しゃばってくるからあまり話せないし、クラブのときは本当に解析の話しかしていないから……なかなかお近付きになれないのだ。

「アイヴィンはともかく……マーク君はどうかな？　婚約者、いる？」

「婚約者はいないけど、友人の彼女を略奪するような趣味はない」

「ちょっ……誰もアイヴィンなんかと付き合って――」

なんていう勘違いを……!?

ちょっとそれは正すべしと前のめりになるも、私は手を引かれてしまう。

「まあまあまあ、とりあえず一曲どうかな？」

「残念ながら、最近の踊りなんて全然知らないよ」

八〇〇年前のダンスでいいなら、多少は踊れるけれど……八〇〇年も経てば、色々と変わっているものだろう。それに、シシリー自身にダンスの教養が十分にあるとも考えにくい。

だけど全ての事情を知る彼は、そんな言葉で退いてくれないらしい。

「全然構わないさ。ただグルグル回るだけでも」

無理やり手を引かれ、本当にグルグル回るアイヴィンの顔は無駄にキラキラとしていた。

あなたは前に「強い女性が好き」だと言っていたね。

正直、私も「強い男性」は嫌いじゃないよ。

だからとりあえず、私も今を笑ってみせる。

だって何百年経とうと、残りの命がどれだけだろうと。

今は、今しかないのだから。

私はひっそりと決めていた。
あの男だけは、絶対に泣かす。私が泣いた以上に、めちゃくちゃ泣かす。
ついでにアイヴィンのことも助けてあげるよ。
あくまで、ついで。シシリーのついでの、私のついでの、さらについでの話だけどね。

さぁて……これからどうやって、王様に喧嘩を売ろうかな？

5章　夏休みは親孝行をしよう！

夏休みは、いつも億劫だった。

だって実家に帰っても、家事と雑用と仕事の手伝いと、変わらぬネリアの世話が待っている。

家事などがない分、学校のほうがいくらもマシ。むしろ授業という逃げられる時間があるだけ幸せだった。勉強は楽しいもの。

『おー、こんな乗合馬車にお嬢さんが一人とは珍しいなぁ』

でも行き帰りの乗合馬車はそんなに嫌いではなかった。当然ネリアは個人で手配した高級馬車で実家まで帰る。道中のホテルの手配も私がしていたけど、最高級の部屋を用意しないと怒られていた。その分、費用が少なくなった私が乗合馬車で、安宿を継いで実家まで帰る羽目になっていたのだ。

もちろん護衛もいない一人旅。怖い人も少なくないけど……優しい人だって同じくらいいる。果物を分けてくれたりする人も少なくなかった。そんな一期一会の出会いに、この世も腐ったものではないと救われた気持ちになったものだ。

実家の滞在期間はおよそ一ヶ月。その往復で二週間。

その一人きりの二週間だけが、わたしの夏休み。

一人で、わたしだけの――お金はないけど、いろんな刺激を受ける夏休み。


さて、王様に喧嘩を売ろう！

そう思いついたとて、相手は王様。今の私は元・ど底辺の学生令嬢。

会おうと思ったところで、普通なら会えるはずがない。謁見などを申し入れたら、こう……秘密裏に招いてもらえたりとか、もしかしたらしそうな雰囲気ではあったけれど……そんなこちらから下手に出て、しかも相手の独壇場とかまっぴらごめんである。私はあいつをぎゃふんと泣かせてやりたいのだ。


――と、そんなこんなで、あっという間に夏休み。

ちなみに学期末試験はもちろん余裕だった。本当にシシリーは頭がいい。魔導解析クラブでの勉強や研究はもちろんのこと、私とアニータの放課後魔術訓練にもきちんと知識ではついてきている。

きっかりSとAで埋まった成績表を受け取って、楽しい夏休みの始まりである。

やっぱり実技面で如何に教師以上の魔導を披露したとて、他人から魔力を借りる生徒にSは与えられないらしい。ま、それはそうだね。

「でも、まさかこのあたくしが『枯草令嬢』に成績で劣る日が来るとは思いませんでしたわ……」

「ごめんね。もっと悔しがっていいよ？」

「本当、さっさとあんな姉なんか見捨てて実力出してなさいって話ですわよ！」

今日も今日とてアニータに怒られながら、私は見送られようとしていた。

ちなみにアニータに『あんな姉』呼ばわりされたシシリーの姉・ネリアは重たそうな鞄をひとりで持っていた。両親へのお土産が入っているのかな？　それとも自分の洋服が入っているのかな？　どちらにしろ、今日も顔色はあまりよくなく、着ているワンピースもどこかくたびれている。

トラバスタ領は学校とかなり離れた場所にあるそうで、里帰りには夏休み初日から馬車旅を始める必要があるらしい。アニータはゆっくり準備してから、ご実家のヘルゲ領に戻るとのこと。

そんなアニータは試験明けから、ずーっと私の勧誘に必死だった。

「ねぇ、本当にトラバスタ領に戻るの？　あたくしの家で過ごしてもいいんですのよ？　湖も綺麗ですし、自慢の避暑地ですわよ？　それに近頃我が家は医療薬の研究にも熱を入れてますの。二学期は魔導薬学の試験が山場だといいますし、予習するにはうってつけの環境ですわ！」

「ふふっ、アニータとひと夏過ごすのも、すっごく楽しそうではあるんだけど……親孝行できるのも、今しかないしね」

もちろん『私(ノーラ＝ノーズ)』がシシリーの親の顔を拝める機会なんて、この休みくらいしかない、といった意味の発言なのだが……眉根を寄せるアニータは、どうやら別の解釈をしたらしい。

「あなたのご両親、実はどこか具合が……」

（悪ぃの？）

(二人ともすこぶる健康だと思うよ……)

シシリーが言うなら、間違いないのだろう。

つまり私も遠慮なく『甘えられる』ということだね！

「アニータ、また休み明けも仲良くしてね！」

「当たり前ですわ！　あなたこそ、何かありましたらすぐあたくしを頼りにするんですよ！」

「りょうかい～」

あぁ、今日も私の友人がとても愛い。

大好きな友達とひと月以上会えないのは、とても名残惜しいけれど……。

「それじゃあ、お姉ちゃん。行こうか！」

私はずっと不貞腐れた顔で待っていた姉・ネリアと腕を組む。

そして、馬車の中は当然二人きりの姉妹水入らず。

それなのにネリアの顔は浮かない。

「なんであんたなんかと同じ馬車に乗らないといけないの……？」

「行き先は同じなのに、私だけ乗合馬車で帰るのも無駄な出費じゃない？」

至極当然の摂理を説いても、ネリアは余計に不貞腐れるのみ。

「あ、あの高飛車な令嬢に誘われてたんじゃないの⁉」

「よく知ってるねー。でも、私もたまにはパパとママに会いたいしさ。一緒に親孝行しようよ」

「誰があんたなんかと――」

「ところでお姉ちゃん、今までの試験の代筆とかの件って、パパとママは知ってるんだっけ？　あと、お姉ちゃんは成績表どうだった？　私ねー、学力検査は全部Sだったんだけど、実技面がどう頑張ってもAが限界でさー」

「…………」

せっかくお喋りしているのに、なぜかお姉ちゃんは押し黙ってしまったけど。

そんなお姉ちゃんに、私はにっこりと言い放つ。

「楽しい夏休みにしようね、お姉ちゃん！」

馬車で旅して一週間。

途中、宿で休み休みしても腰が痛い。

「着いた～～！」

馬車から降りて、思いっきり腰を伸ばす私と、そわそわ背中を丸めているお姉ちゃん。

「はい、これネリアの荷物ねー」

と、御者さんから荷物を受け取って、彼女の分を渡そうとしたときだった。

「貴様、どうしてネリアに持たせようとするんだっ！」

ズシズシと、玄関から出てきたのはそこそこ恰幅（かっぷく）のいい男性だ。

少し薄い緑の髪。顔立ちはくっきり美形だけど、丸いほっぺと二重の顎などで台無しのいきなり怒っている紳士の姿に、私は心の中のシシリーに尋ねる。

（あれがパパ？）

（……うん）

そうか。やっぱりあれがシシリーを弱気にした元凶か。

それなら――と、私はさっそく荷物を地面に置いて、その紳士に抱きついた。

「パパ、ただいまー。会いたかったよぉー」

「何を気色悪いこと言っているんだっ⁉」

ひどいな、このパパ。久々に会った娘を気色悪いだと？

とりあえず、もうぶっ飛ばしていいかな？

もう館ごと消し炭にしていいかな？

なんて魔力を呼び寄せようとするも、

（お願いだからやめて？）

とシシリーに止められてしまうので、私は不貞腐れながらもシシリーパパから離れる。

その途端、パパは『私（シシリー）』を無視して立ちすくむネリアのもとへ。

「おお、ネリア。どうしたんだ、あいつなんかと一緒に同乗してくるなんて。いつも別々に帰ってくるように言っているだろう？　あいつはネリアとは違うんだぞ？」

「……ごめんなさい、パパ。長旅でちょっと疲れてしまったわ」

感動の再会をしようとしているパパに対して、こちらの顔色を窺っているお姉ちゃん。

心の中のシシリーが視線を落としている。

だから私は何も気にせず、自分の荷物を持った。

「そうだよねー。私も部屋で少し休憩しよっかなー」

背後から「こら、ネリアの荷物も持て！」なんて怒鳴り声が聞こえた気がするけど、気にしない。

私は執事っぽい人らに「どもー」と挨拶しながら、シシリーに部屋のことを聞く。

（シシリーの部屋ってどこかな？）

（……あっち）

どうも歯切れが悪いな？

だけど案内されるがままに隅の部屋に向かい、ドアを開ければ……キーッと嫌な音がする。そして襲いかかってくる埃に咳き込んでいると、だんだんと視界が開けてきた。

「いや、物置よりひどいから」

もう笑うっきゃない。倉庫以下だね。実家に戻るのも半年ぶりらしいから、その間まともに風通しもしていなかったのだろう。たぶん扉を開けるのは、この薪とか油とかをしまうときくらいなんじゃないかな？　てか、そんなもの娘の私室に置くなという話だ。

私はバシーンッと扉を閉めて、踵を返す。

向かう先はもちろん、元気のないネリアが向かった部屋。

彼女が侍女と一緒に部屋に入った直後に、私はその扉をばーんっと開く。

「お姉ちゃーん！　今日から一緒に寝よー？」

「い――――や――――っ!!」

えっ、全力で拒否られた？
流石の私もちょっぴり落ち込む。

そんなこんなで無理やりネリアの部屋に荷物を置いて、私たちはダイニングへ向かう。私たちの帰宅時間に合わせて、少し早いディナーを用意しておいてくれたらしい。

さーて、仮にも侯爵家。どんな豪勢な食事が待っているのだろう？

（あまり……期待しないほうがいいと思うよ？）

（そうかな。見た感じお屋敷は綺麗だし、使用人の数も十分。いい暮らししているんじゃない？　道中の村の様子から、正直あまり期待してなかったんだけどさ）

そう、道中馬車で通り過ぎた村々に、あまり覇気がなかったのだ。

数年前に全国的な飢饉があったという話だから、トラバスタ家も不景気が続いているのかなぁと思いきや……とても立派に栄えたお屋敷である。

まぁ、領主としての是非は置いておいたとしても……長旅後の食事くらい、おこぼれに与ってもいいじゃないか――と、私は意気揚々と扉を開けてもらうのを待つ。

開かれた途端、鼻腔をくすぐる美味しそうな匂い。彩りが綺麗なサラダと一緒に、お魚のマリネが用意されている。すごい、生魚。この近郊に海や川はなさそうだったから、どれだけのお金を使って取り寄せたんだろう。

これは今後運ばれてくるメニューも楽しみだと、自分の席に座ろうとするも……食事が三セットしかないな？　すでに座っているパパと、金髪貴婦人の前。

（あの美人なのがママ？）

（そうだよ）

金髪がたおやかな、だけど薄幸さがまた美人なママさんである。私と目が合うや否や、気まずそうに逸らされてしまったけど。

ママとの交流はまた後で……と、もう一つの食事のセットの前に、自然とネリアが案内されて。

あれ、『私（シシリー）』の席は？

「何を突っ立っておる？　いつまで待っても貴様の食事なんか出てこんぞ？」

ニヤニヤとパパに言われて、私はようやく気が付いた。

こいつら、家族団欒（だんらん）の食事でまでシシリーを仲間外れにしていたのか!?

（今まではこういうとき、何を食べていたの？）

（みんなの残飯を使用人さんたちに分けてもらうことが多かったかな。何も食べられないってことは悪いことをしない限りはないよ）

（ほう、こいつら全部食べきるわけじゃないんだね？）

それなら解決方法は簡単だね！

いやぁ、無理やりぶんどることも簡単だけど、一応はシシリーの大切な家族である。

力業の暴力は極力避けたいなーと思っていたのだ。

だから、私は遠慮なくパパのもとへ近付いた。そして「えっ？」と目を丸くしている間に、パパのズボン越しでもムチムチだとわかるお膝の上に座る。もちろん、優雅に脚を組ませていただきましょう。

シシリーはパパと違ってママ似だから、意外と脚が長いのだ。

「わぁ、美味しそう！　ねぇ、パパ。何から食べさせてくれるの？」

いくら豚のように短足でも、パパはパパ。

私がニコニコとパパに甘えると、パパも嬉しかったのだろう。

「シ……シシリ〜〜〜〜っ！」

ふふっ、今日初めて名前を呼んでくれたかな。やったね。

だけど、家族円満のハッピーエンドとはいかないらしい。

「貴様、好き勝手しおって！」

鞭（むち）を常備している男なんて、一体誰が喜ぶのだろうね？

男の脚力で無理やり立ち上がり、パパの膝から落ちた私に鞭が振り下ろされようとしていた。

……もちろん、指先に魔力を集中させて弾いてやりますが。

「なっ」

魔力の小さな盾に弾かれた鞭が、豪勢な食卓を直撃する。薙ぎ払われてしまった前菜の数々に「あ〜〜!?」と声を荒らげたのは私だった。しまった……勿体ない。魔法で復元することはできるけど、何を打ったかわからない鞭が触れた食事は食べたくないよなぁ。

「料理人さん、ごめん……」

これは後で謝りに行かなきゃと落ち込んでいるものの、どうやらパパもママも固まっている理由はそうじゃないらしい。

「貴様……なぜ、魔術を……」

「どうして驚くの？　魔術学校に通っているんだから、魔術が使えるに決まっているでしょ？」

「だ、だが貴様は魔力なし――」

「あっはっは。パパ知らないのー？　この世に魔力のない人間なんていないんだよー。むしろ魔力の枯渇した人間は死んじゃうって知らなかった？　魔術として行使できるかはともかく、人間大なり小なり、必ず魔力を所有しているものなんだよ」

それは、わざわざ学校なんて大それたところに通わずとも、親から子へ「人間は水分を摂らないと死ぬんだよ」と伝えるような当たり前の知識である。

「しかし、貴様は極端に魔力が少なく――」

それなのに……どうして今の世の人間は、シシリーを『魔力なし』と揶揄するのか。

その悪口が余計にシシリーを自分の殻に閉じ込めてしまうことに気付かないのか。

まったくもって愚かである。ただ面白がっている学生にそれを言うのは厳しいかもしれないが……彼女を健やかに育てる義務があるはずの大人に言うのは問題なかろう。

愚　か　で　あ　る　！

だから、私も容赦なく嘲笑させてもらおうじゃないの。

「そりゃあ、ず～っと大好きなパパから『嫌い』って言われてたんじゃ……どんどん心が弱くなって、自分を表に出すのが怖くなっちゃうよね？　ねぇ、誰のせいで、私は今まで魔法が使えなかったんだろうね？　ちなみにお姉ちゃんは最近まで知らなかったようなんだけど、魔力の素養って父親からの遺伝が大きいって知ってる？」

つまり本当に魔力が人より少ないのであれば……それはお前のせいだぞ、と。

笑いながら言ってやれば、そのくらいの嫌みは理解できたのだろう。

パパは頭まで真っ赤にしながら激昂（げきこう）してきた。

「ま、魔術と魔法の違いもわからぬ愚か者がワシにたてつくな！　不愉快だ！」

あら～、ごめんね？

八〇〇年前の『稀代の悪女』は今、すっごーく楽しい♡

……と、そんなことは流石に言えないので。私は振り下ろされた鞭を再び魔法であっさり弾く。

あらあら、今度はママのほうに跳ねちゃったね。

あ、お姉ちゃんはやっぱりと言いますか、部屋の隅で奥歯をガタガタいわせている様子だ。

結構派手な親子喧嘩をしているつもりなんだけど、ママは変わらずだんまりなんだね？

どっちが怖いんだろうね。パパかな？　それとも私かな？

とりあえず、親子喧嘩も親がいてこそ。孤児だった私にとっては初めての経験である。

だから寝るときにシシリーに「ありがとう」と告げたら、彼女は思いっきり頭を抱えていた。

（やりすぎだよ……こうなる予感はしてたけど）

（ありゃ？）

そして翌朝。パパはやっぱり怒っていた。

「貴様、○○家の御曹司と婚約破棄がしたいなど、本気で言っているのか⁉」

どうしてだろう。その家名だけが耳に入ってこない……。

（わたしの婚約者のお家だよ）

そんなシシリーからの補足情報に、私はようやく合点がいく。

あー、あの頭からっぽボンボンか！

だから、今日も私はにっこり微笑んだ。

「うん。私、あの坊ちゃん嫌いだもの」

「ならいいんだな！　例の辺境伯に嫁がせるぞ⁉」

はて、例の辺境伯とは？

それに、またしてもシシリーが教えてくれる。

（今年五七歳のお金はあるけど女性を乱暴にすることが好きって噂が立っている……）

「あー……それも困るなぁ……」

そんな最低の代打案も言ってたねー。それが嫌での妥協案として、あのお金だけ坊ちゃんと婚約することになったんだっけ。

……お金ねぇ。私はぼんやりとダイニングの内装を見る。すごーく立派である。昨日今日見た中で、シシリーの倉庫（部屋とは言わせない）以外はとっても立派で綺麗なお屋敷である。

まぁ、それは後回しにするとして。問題はパパが握り潰している書簡である。

あれが〇〇家からのお手紙だったのかな。パパの話しぶりからして、きっかり『婚約破棄しようぜ！』と書かれているのではなく『おたくの娘さんが婚約破棄したいと言っている旨を息子から聞いたのですが本当でしょうか？』みたいな手紙だったのではなかろうか。

くっそ、あのボンボン。あんな恥を晒したんだから、いい加減諦めてほしいかな。

私が色々察している間にも、パパはギャンギャン文句を捲し立てている。

あーあ。せっかくの焼き立てパンが冷ちゃうよ。今日はしっかり私の分も食事を用意してくれていたようだから、一番美味しい状態で食べてあげたかったたな。

美味しそうな食事を摂るためにも、憤慨（ふんがい）しているパパをどう宥（なだ）めようか。

豚らしく、鞭で調教とかしてみる？

そんなことを考えていると、シシリーが珍しいことを提案してきた。

（あの……対応、わたしが代わってみても……いいかな？）

……ん？

ちょっと反応が遅れてしまった。

シシリーが自ら頑張りたいと？　諸悪の根源たる父親相手に？

そりゃあ応援しますとも！

（もちろんもちろんもちろんもちろん！　私はずっと傍にいるからね！　無理ってなったら、すぐ撤退していいからね！　即座に私が倍返ししてやるからね！）

（うん、がんばる）

そして、私は目を瞑る。体の奥に引っこむ感覚。代わりに体を預ける感覚。手足は軽くなるのに、心が重くなるような……そんな言い難い感覚に小さく笑ってから、私はゆっくりと目を開く。

そこでは、ちゃんと『シシリー＝トラバスタ』が父親と対面していた。

「うーんと。その辺境伯と次代の賢者さまだと、どっちのほうが偉いのかなぁ？」

「次代の賢者……だと？」

えーと、シシリーさん？　その喋り方は、もしかして私の真似をしているのかな？

いや……憑依した当初、調子に乗って元のあなたの口調や趣向のことを無視しまくって今に至るのは……大変申し訳なかったと思うけれど。

私、そんな偉そうに話しているかな!?

だけど、口角をあげているシシリーはこう見えて目いっぱいなのだろう。

普段より速い鼓動と、手足の震えは私にも伝わってくる。

シシリーは私のツッコみに応えることなく、はつらつと話し続ける。

「同じクラスのアイヴィン＝ダールから何度も告白されているの。どうしようかなぁって悩んでいるんだよねー」

「アイヴィン＝ダールだと!?」

その若き天才の名は、シシリーパパもご存知の様子。

だけど……ちょっとシシリー!?　今、その名前を出していいの!?

「アイヴィン＝ダールは……ネリアが近い将来、我が家に連れてくる話ではなかったのか？」

あら、ネリアの意中の人がアイヴィン＝ダールだということは私も知っていたけれど……なんと親には確定事項として話していたとか。それってかなり強気だったたね？

実際はデートの一回どころか、ラブレターを燃やされている事実を知っている私としては苦笑どころか失笑してしまうくらいなんだけど……とりあえず、パパはネリアへ事実確認をするらしい。

その間に、私もシシリーに確認しておかなければ。

（シシリー⁉　あなた、アイヴィンのこと好きだったの⁉）

（ううん。わたしは……意外といい人だったんだなぁとは思うけど、ただそれだけだよ）

（じゃあ、やっぱり権力とお金が――）

（でも、ノーラはアイヴィンさんのこと好きでしょ？）

（えっ⁉）

こ、この子はいったい何を言っているのかな⁉

だけどやっぱり、目先重要視されるのは対話相手のパパである。

ネリアと話したパパは頭を抱えていた。

「まぁ……我が可愛いネリアがお眼鏡に適わなかったのは不運な出来事だったとしか言えんが……代わりが貴様だというのがどうにも納得がいかん！　どうして貴様が良くてネリアじゃダメなんだ⁉」

「それは……天才だからこそ、変わったものがお好きなのでは？」

おやおやシシリーさん。そこは及び腰ですか？

それとも……遠まわしに私が変わり者だと揶揄したいので？

それでも、パパはもう怒ってはいなかった。

「本当にアイヴィン＝ダールと縁続きになれるなら、こんな上手い話はないぞ。ネリアの相手は兼ねてより見繕っていた相手に連絡するとして、本当にやつが賢者になったあかつきには――」

なにやらパパ、とても楽しそうである。

メイドさんに「食事は執務室に持ってこい！」と命令しながら、足早にダイニングから出ていった。

面白いことに、パパも暗にネリアの恋路が叶わないと思っていたらしいね。

ねぇ、お姉ちゃん。今どんな気持ち？　どんな気持ち？

――と、私ならめちゃくちゃ前のめりに聞いてやりたいところだけど。

シシリーは半泣きのネリアと、やっぱり見ているだけのママをそれぞれ見てから、メイドさんに頭を下げていた。

「雰囲気を悪くしてしまったので、わたしも朝食を辞退させてもらいますね。せっかく用意してもらったのにごめんなさい。庭で休憩してます」

すると、そのメイドさんはこっそりシシリーに耳打ちする。食べやすい形にして、後で庭に持っていくと。その有難い申し出にシシリーは「ありがとう」と嬉しそうに笑っていた。

どうやら昔から、シシリーの人格は家の者に認められていたらしい。

今日も一日良い天気になりそうだ。

夏の眩しい日差しの中、庭先の大樹に背中を預けて、シシリーは座り込む。

（つかれた～。ねぇ、ノーラ。戻ってもらっていいかなぁ？）

（……はいはい）

戻るって。元はこれ、あなたの体なんだけど？

そうは思いつつも、ずっと父親に言われるがままだったシシリーにしてはとてもよく頑張ったと思う。私は乞われるがまま体の主導権を預かって……その重くなった手足を確認していた。

（でもシシリー。アイヴィンの名前を出して、本当に良かったの？）

（だってノーラは、絶対に出すつもりなかったでしょ？）

（うん）

そりゃそーだ。シシリーが本気でアイヴィンを好きというならともかく、そうでない以上――ここでアイヴィンの名を借りるのはシシリーにとっても、アイヴィンにとっても迷惑にしかならない。

アイヴィンが……よく愛を囁いてくる相手は、いつか消えゆく『私（ノーラ）』なのだ。

普段の言動が冗談や本当に打算だけなら構わないけれど……どうもそれだけにしては、かけられる想いが重い気がするから。だから、私は絶対に彼の気持ちを真剣に取り合うつもりはない。

だって、アイヴィンがいくら本気で想っていたとしても、叶わぬ恋なのだから。

消えゆくだけの私が想いを受け取る資格なんてない。

それはシシリーが相手でも同じだ。

（ねぇ、シシリー。あなた……私が短い付き合いだって、ちゃんとわかってる？）

そのとき、運悪く籠を持ったメイドさんが「シシリー様」と声をかけてくる。中には美味しそうなサンドイッチがたくさん詰め込まれていた。

(やったね。さぁノーラ、どれから食べる?)

どうやら、彼女はわたしの問いに答えるつもりがないらしい。

その日はのんびりと日向ぼっこをして過ごし、夕方は夕食の準備を手伝い、ダイニングで家族と食事を摂ろうとしたら……誰もダイニングに来なかったので使用人さんたちと食事を楽しみ、さてそろそろまたうるさいのが来るかな、と思った翌朝。

「ネリア、おまえまで見合いを断られるとはどういうことだ!?」

と、今日も楽しい事件の時間がやってきた。

ちなみに私はお姉ちゃんと同じ部屋で寝ているからね。二人で一つのベッドで寝ようとしたら、使用人さんたちが客室からベッドをもう一つ運んできてくれたのだ。

……私が客室を使う? そんなお姉ちゃんみたいなつまらないことは言わないでほしいかな。

ともあれ、パパが朝一でお姉ちゃんの部屋に来たということは、必然的に私もその場に居合わせることになる。

「ど、どういうことだと言われても……」

「相手からの書状には素行や成績に難がある旨が書かれていたぞ。どういうことだ。今まで平均A評価を維持していただろう!?」

うん、シシリーがね？

概ね、昨日パパは慌ててお見合い候補相手に連絡をとったものの玉砕したのだろう。私たちと同じように実家に戻ったご息子から最近の落ちこぼれぶりを聞いたのだろうね。

面白いから黙っていれば、なぜかパパに「視線がうるさい」と睨まれる。当てつけがひどい。

だけど、どうやらそれどころではないパパはお姉ちゃんを逃さない。

「今期の成績表を見せてみろ」

あららー。お姉ちゃん、まだ見せてなかったんだー？

まぁ、私もまだ見せてないけどね。言われたらすぐに見せてあげるよ？　学年トップクラスの成績表。だけど……代筆を失ったお姉ちゃんの成績表はどうなったんだろうねぇ？　見たいなー、シシリーも見せてもらいたいなー？

（ノーラ、流石に大人しくしてようよ）

どうもシシリーの姉に対する優しさは美徳なようで、欠点な気がしてならないけれど……無理やりパパに荷物を荒らされ、すでに半泣きのお姉ちゃんをさらに追い詰める必要もないだろう。

だって案の定、パパはトランクの奥に隠されていた成績表を見つけるやいなや、頭まで真っ赤にし始めたのだから。

「こ、これはどういうことだっ⁉」

あっははー。私、知ーらないっ！

ということで、私は今日の活動を始めることにした。今日は何をしようかな。まだ二週間くらいはゆっくり滞在する予定なんだけど、すでにやることが思い浮かばない。

（んー、じゃあシシリー。今日は屋敷の探検でも――）

と、私がシシリーに話しかけるも、彼女はお姉ちゃんの部屋に後ろ髪が引かれている様子。

（気になるの？）

（うん。ネリア……これからどうなるのかなって）

（身から出た錆でしょ。それとも、シシリーはずっとお姉ちゃんの奴隷でいたかったの？）

（…………ノーラって、たまに難しい言葉を使うよね。昔の言葉？）

（ほっといて。どうせ私は八〇〇年前の女ですよーっだ！）

話を逸らすということが、彼女の答えなのだろう。

だから私も軽口を返しながら、適当に屋敷内の散策を開始した。厨房。シシリーの部屋という名の倉庫。ダイニング。お姉ちゃんの部屋。そこは何度も足を運んだけど、後は客間が数個に、パパの執務室。パパの寝室に、ママの寝室。

（夫婦の寝室が別なんだね。やっぱり仲が悪いの？）

（あまり良くはないかな。お母様も政略結婚だったんだけど、お父様が無理やりお金と権力で結んだ婚姻だったんだって。お母様の生家はね、昔から優秀な魔導士を輩出しているお家だったんだよ）

へぇ……と話を流そうとしたとき、ふとママの寝室の扉が少し空いていることに気が付く。

部屋の中からどこかをのぞいているみたいだね。私たちかと思いきや、その視線はこちらに気付いてないようで……あれか、未だギャンギャン騒がしい向かいのネリアの部屋の方を見ている様子。

シシリーもその様子に気が付いてか、落とさなくていい心の声を落とす。

(一度だけ聞いたことあるんだけど、本当はやりたいことがあったんだって。でも昔は今より女性の立場が弱い社会だったから、親が決めた通りに生きざるを得なかったらしいよ)

(何言ってんだかね。前時代の大賢者様は、れっきとした女だったのに)

まぁ、私も周りに言われるがまま大賢者の道を歩んでいたので、自立という点では返せる言葉はないのかもしれないけど。

(……他を見に行こうか)

シシリーには申し訳ないけど、どうにもイライラするママさんである。

やっぱりアニータはすごいね。しっかり自分の好きな道を歩もうと頑張っているもの。彼女の言う通り、アニータのご実家に御厄介になったほうが楽しかったかも。今からでもお邪魔してみようかな

……そんなことを考えていると、少し奥まった所に意外としっかりとした扉があることに気付く。

(シシリー、ここは?)

(お父様が絶対に入るなと言っている部屋だね)

(おっ、こういうのを待ってましたとも!)

私は容赦なくドアノブを回してみるも、やっぱり扉は開かない。

えーと……魔術による鍵がかけられているようだね。結構簡単な術式のようだけど。

(シシリーも入ったことないの?)

(わたしは……最近までほとんど魔術というものが使えなかったから)

（ほーん）

つまりシシリーに見られたくないものがあるということかな？

さーて、鍵を開けよう！　秘密の扉を開いちゃおう。

この程度の鍵なんておちゃのこ……と思いつつも、私は一旦手を止める。

（シシリー、このくらいもうできるよね？）

（えっ？）

（さぁ、やってみよう！　何かわからないことがあったらすぐに訊いてね！）

そうして、私は容赦なく体の主導権をシシリーに明け渡す。

だってさ……シシリーがわかっているにしろ、いないにしろ。私が助けてあげられるのは『今』しかないのだ。私がいる間は上手くいっていたけど、結局一人になったら何もできませんでした――じゃ、話にならない。死ぬに死にきれない。

私が『今』を楽しむなんて、所詮二の次でしかないのだ。

だって、そうこうしているうちにも――シシリーはおっかなびっくりながらも、あっという間に魔術の鍵を開けてしまう。うん、とてもいい子だ。

（で、できたよ……？）

（よし、それじゃあ中に入ってみようか！）

私が促せば、シシリーは「失礼します」と扉をそっと開ける。中に誰もいないのにね。

中は予想通り雑多としていた。予想外なのは、意外とまともな書籍や書類が多いことか。経営や経済、史学の本など、領主らしい本が数多く並んでいる。

「あ、この書類……」

その中で、シシリーがふと執務室の書類に手を伸ばす。どれどれ……今までの納付された税をまとめた報告書だね。定期的に納付額を国に提出している感じなのかな。

あんなパパなりに領主仕事は頑張っているんだね！　と、私なりに少し見直していたときだった。

青白い顔をしたシシリーがボソリと呟く。

「これ……不正してる……」

（……よくわかるね？）

「うん……去年までこの書類、わたしが里帰りしたときに作成していたから……」

（あの、シシリーちゃん。有能すぎでは？）

私からの賛辞にシシリーはまるで喜ばない。出さなくていい声も出しているし、本当に気が動転しているのだろう。書類を捲る手が震えている。

「この税の割合でこんなに集まるはずがないのに……不正に税の取り立てしているのかな。そうだよね……こんな景気回復する対策なんて何もしてなかったもの……」

正直、私は経済面には疎い。稀代の悪女はただの魔法バカである。

だからこう、数年前の飢饉の影響で税収を下げていたのに云々とか、去年までの作物の取れ高からして云々とか説明されても、どうにも全てを理解することは難しいのだけど。

（つまりパパは不正書類を提出して、お株を上げようとしているんだね？）

「うん……良経営だと認められれば、毎年国から報奨金を貰えるからね。多分、お父様はそれが貰いたくて……しかも、これ現物はもう提出済み……」

(あら、じゃあズルがバレたら没落かな？　爵位を剥奪的な？)

「…………」

私が安易に告げた言葉にシシリーが固まる。

没落……正直、そう悪くないと思うんだけどね。あんなパパとママとお姉ちゃんなんかどうなろうと知ったこっちゃないし、シシリーの将来は私がどうにかするし。ただ、ここで一生懸命働いてくれている使用人さんたちが少し可哀想かな？　でも……雇われなんてそういうモンだと言えばそういうモンである。まだ学生であるシシリーがそこまで背負うことでもない。

それなのに……なぜか、シシリーが泣きそうな顔をしているから。

あー、今のは私が悪かったのだろうと弁明する。

(今の政治がよくわからないけど、まだ申請して間もないんでしょ？　身内からごめんなさいすれば、あまり大事にはならないんじゃないの？　現実的に『はいすぐ領主取り潰し～』なんてことになったら、領民だって困るわけだし。指導とか監査が入る程度でおさまらないのかな？)

「……そうするにしろ、とりあえずお父様にしっかり説明してもらわないとだよね」

鼻をすすったシシリーはとても立派な顔つきをしていた。

不正された書類を抱きしめて、踵を返す。どうやらこのまま自分でパパを追及するつもりらしい。

……うん、がんばれ。がんばれ、シシリー。

肝心のパパは、未だネリアに説教をしているようだった。ただし、場所は執務室に動いた様子。ギャンギャン怒鳴り声が聞こえるからね。捜す手間もかからなかったよ。

シシリーがノックしたところで、パパの怒声は止まらない。

だから固唾を呑んだシシリーは自ら扉を開ける。

「お父様……少々お尋ねしたいことが――」

「誰が入っていいと言った！　後にしろっ！」

当たりやしないけれど、シシリーに向かって本が投げつけられる。

……本当に屋敷ごと吹き飛ばしていいかな、このおやじ。

私がいくらべーッと舌を出そうが相手に見えないのがまた悔しいが、一つだけ溜飲が下がるものを見つける。泣き崩れたネリアことシシリー姉が、顔に大きな痣を作っていた。殴られたな、これは。

私はざまぁみろと思わないでもないけど……シシリーはギュッと唇を噛み締めてから、父のもとへと歩を進める。

「お父様、どうして書類の不正などしたのですか⁉　これがバレればトラバスタ家の評判どころか領民にまで迷惑がかかります！」

「どうして、お前がその書類を……」

シシリーが突きつけた書類に一瞬狼狽えるパパだが、無駄にすぐ表情を引き締める。

「ふんっ、どこからバレるというんだ。我がトラバスタ家は代々国を支えてきた由緒ある侯爵家だ。たとえ汚れた村人や正義感の強い役人が声をあげたところで、どちらが王に信用してもらえるか……

考えるまでもないだろう」

その低い鼻を根こそぎ抉ってしまいたくほど歪んだ笑みである。

だけど、シシリーは手足が震えるのを懸命に我慢したまま、毅然と声を張っていた。

「その信用を損なう行為を、お父様はしているのですよ！」

「やかましい！　子供が仕事に口を挟むなっ！」

その子供に今まで仕事をさせていたのは、どこの誰かな〜〜〜!?

あー、見ているだけって本当にもどかしい！　もどかしいけど……この件に関して、私は完全な部外者だ。シシリーが助けを求めてこないなら、私に口出しする権利はない。

「でもお父様……ズルはダメだよ。あのね、去年から施行されているんだけど、納付が少なかった地域には国から援助金が貰える制度ができたんだよ。それを利用すれば、今年の赤字分も賄えるから、領民に無理やり重税を強いらなくても――」

「バカか。そんなモン利用すれば我が家の評判も下がるし、報奨金も貰えなくなるだろうが！」

おー、流石シシリー。ナイスな提案……と思いきや、知っていたのか、このバカ親父！

バカ。本当に救いようがないほどのバカ。

そんなバカに、流石のシシリーも見切りをつけたのだろう。

「……それじゃあ、わたし一人で書類の修正と制度の申請しに行くから」

そうシシリーが踵を返そうとしたとき、シシリーの足元で大きな割れた音が響く。

どうやらこのバカ、机のランプを投げてきたらしい。

そんなのが本当にシシリーに当たったらどうするつもりなのかな？

「そんなこと勝手にしようもんなら、親子の縁を切るからな！」

「そんな縁いらないよっ！　こんな最低な領主が父親だなんて恥ずかしいもんっ！」

よく言った！　よく言ったね、シシリー!!

シシリーも泣いているけど、私も別の意味で泣きたい。

少し前まで、いじめられて『死にたい』って言っていたのに……よく、ここまで……。

だけどそんな感動している暇はなかった。

机のこちら側に来たバカおやじがシシリーの襟首を掴んだと思いきや、容赦なく顔を殴り飛ばしてくる。だけどすぐに強い眼差しで見返したシシリーに、さらに足まで振り上げてきて――もう、私も手を出していいよね。屋敷ごと吹き飛ばしてもいいよね。もう耐えられないと、シシリーから主導権を貰おうとしたときだった。

「もうやめてっ！」

その短いバカおやじの足に言葉通り体全体でしがみつくのは、私ではない。

紛れもないシシリーの姉、醜いまでに顔を腫らしたネリアだったのだ。

なんで、ネリアが……？

私にとって、彼女は三番目に嫌いな人間である。一番が国王。二番目が坊ちゃん婚約者。

正直どっちが二番目でもいいかな、という低次元の争いなのだが、そこは最近の彼女の落ちぶれ具合に溜飲が下がりつつあった程度の……まぁ、どのみち嫌いには違いない相手がお姉ちゃんだ。

そんな彼女が、父親に向かって震えた声で告げる。

「パパ、やめて……やめてください。シシリーは変わったの。もう……泣いているだけの子じゃないのよ……わたくし、やり直したい。それをシシリーが許してくれるとは思えないけど――」

「許すよ」

シシリーは即答だった。

もう……この姉妹はバカじゃないかな。二人して顔を腫らして。ネリアは散々シシリーのこと都合良く使っていたのに。シシリーだって、落ちぶれたネリアを見て「ざまぁみろ」と思ったことだってあったのに……。

ネリアは優しく微笑むシシリーの顔を見上げては、わんわんと泣き始めた。まるで幼児のような騒がしさで。ぐしゃぐしゃになった顔や髪を一切気にすることなく、シシリーに「ごめんなさい。本当に今までごめんなさい……」と縋りついている。そんなネリアを、シシリーはどこか嬉しそうな顔で撫でていた。これじゃあ、どっちがお姉ちゃんかわからないね。双子だからどっちがどっちでもいいのだろうけども。

そんな姉妹のワンシーンに、蚊帳の外になった父親は拗ねたらしい。

「もう知らん！　おまえらのことなんか知らん！　勝手にしろっ！」

ドカッと椅子に座り、こちらに背中を向けてくる父親。傍から見たら、滑稽を通り越して惨めだね。

そんな父の背を彼女らは一瞥することなく、二人は手に手をとって部屋を後にしていた。

そして、気が付いたのは私だけだろう。

彼女たちが廊下に出てきた瞬間、その母親が慌てて自分の部屋へと逃げていく。娘たちが必死に戦っていたのに、また見ているだけだったんだね。なんだかなぁ。

その後、シシリーとネリアの間にもまともな会話はなかった。

「わたし……ちょっと外の空気を吸ってくるよ」

「えぇ、わたくしは部屋で休んでるわ」

ただ、それだけ。

中庭に出て、木の幹を背に沈み込むように座ったシシリーは急に「あああああああ！」と叫び出す。

（ど、どうしたの？）

（めちゃくちゃ恥ずかしかった！）

（怖かった、ではなく？）

（怖かったし、恥ずかしかったの！　ねぇ、ノーラ。わたし何か痛いこと言ってなかった？）

痛いこと……とシシリーの発言を思い返してみるも、どれもこれも……。

（すっごくカッコよかったよ！）

（本当？　わたしね、ノーラになったつもりで話してみてたんだけど、上手くできていたかな？）

（私っぽいかと言われたら……まだまだ甘いかなって思うけど）

だって優しすぎるんだもの。父親に対してもそうだし、ネリアに対してなんかもっとそうだ。それでも、体を伸ばすシシリーは今まで見たことがないくらいスッキリとした顔をしていた。

(そっかぁ、『稀代の悪女』にはまだまだ敵わないかぁ……)

(えっ、シシリー。そんなものになりたいの?)

(だってノーラが稀代の悪女なんでしょ?)

その疑問符に私は頷きながらも顔をしかめたのに対して、シシリーの顔はとても穏やかだ。

(ノーラが昔に何をしたのか。どんな出来事があったのか――わたしは全然知らないけどさ、わたしにとってノーラは憧れだよ)

(ふーん……)

何かな……ものすごく照れくさくて、シシリーの顔が見れない。

すると、シシリーがクスクスと笑う。

(ねぇ、ノーラ。わたしね、あなたのことが……)

だけど、その言葉は最後まで聞こえなかった。だってゆっくりと、シシリーの瞼が下りていく。

寝息が聞こえてくるのは、あっという間だ。

(おやすみ、シシリー)

まったく、たくさん泣いちゃってさ。まぶたも腫れているし、殴られた頬なんか青くなってきてるよ。それなのに……なんて気持ちよさそうな寝顔をしているんだか。

夏の日差しは眩しいけれど、木陰に吹く風はきっと心地よいのだろう。

たとえ今の私に体がなくても、それは容易に想像ができることだった。

そうして少しゆっくりした後、私はネリアの部屋へと帰る。

仮にもれっきとした令嬢が、外で長くお昼寝をするのはどうかと思ったからね。この時代に知られているかは定かではないけど、夏の日差しに長く照らされると、肌が火傷するのだ。その後、肌も黒く変色する。シシリーにはなるべくかわいくいてもらいたいからさ。

だから顔の痕も早急に治療しなければと、ネリアの鏡を借りようかと考えていると。

その部屋の前に、ちょこんと置かれたトレイに気が付く。

ボウルの中には大量の氷嚢。煎じ薬。そして軟膏容器の中には練り薬が入っていた。薬の匂いを嗅いだり、少しだけ舐めてみたりするからに……炎症止めのようである。煎じ薬は痛み止め効果が強いのかな。両方とも結構いい出来だね。

そうこうしていると、心の中のシシリーが起きたようだ。

(……ノーラ？)

(ん、おはよう。部屋の前に薬が置いてあったんだけど、この屋敷は薬師(くすし)でも雇っているの？)

私の質問に、シシリーは一拍置いてから話し出す。

(たぶんお母様。お母様ね、昔は薬師になりたかったんだって。でも親に無理やり嫁がされたから……あ、でもね。今はその実家もなくなっちゃったらしいよ。結婚後、お父様が約束を反故して援助を渋ったんだって)

(うわ、本当に最低だね……)

まぁ、ママもパパの被害者とて、娘を守らなかったことを私が擁護(ようご)することはないけれど。

それでもやっぱりシシリーは複雑そうな顔をするから、きっと私とは別意見なのだろう。

(シシリーはママのことも好きなの?)

(うーん、好きかと言われたらわからないけれど……でもあの人に殴られたりだとか、嫌なことされたことは一度もないから)

うーん、シシリーの好意の最低値がとても低い。本当に私たちは正反対である。

(もうっ、シシリーは優しすぎるんだからっ!)

(ノーラがそうやってわたしの分も怒ってくれるからだよ)

(えっ?)

その言い分はちょっとよくわからなかったけれど。

それでも心の中のシシリーはとても晴れやかに笑っていた。

(なんでもなーい!)


翌朝。私たちは早速出発することにする。

馬車に乗り込む前、大あくびをする私にお姉ちゃんは呆れた顔をしていた。

「あんた、本当に一睡もしなかったのね……」

「そりゃあ、正しい調査票とか全部一人で準備したんだもの。ま、王都までのんびりできるしさ」

もちろん、これから向かう先は王都だ。すでに提出してしまった書類の間違いが見つかったので、その再提出を願い出る書状は昨晩のうちに出してある。それと、援助金申請の書類をまとめたりしていたら……あっという間に朝になった。

「悪酔いしても知らないから」

そう口悪くしながらも、こうして玄関まで迎えに来てくれるのだから……ネリアなりの何かなのだろう。適切な言葉は敢えて考えないでおくけれど。

昨日父親に殴られた頬がすごく腫れている彼女に苦笑しながらも、私はシシリーに確認する。

（自分で直接何か言わないでいいの？）

（うん。別に今生（こんじょう）の別れってわけでもないしね）

（ふーん）

ネリアはギリギリまで実家にいて、今後のことを両親と相談するようだ。私たちのほうは王都で手続きなどして、学校にそのまま戻る予定である。だから、彼女と再会するのは新学期。

その餞（はなむけ）に、私は彼女の頬に触れた。そして、小さく術式を紡ぐ。

「えっ……」

頬が温かいことに気が付いたのだろう。私が手を離した後に、彼女が患部を自分でぺたぺた触れていた。あとで鏡を見て、大いに私に感謝するといいさ。かわいい顔は女の武器だからね。

（シシリーの顔も後でちゃんと治すからね）

（ん、ありがとう）

そう——出発しようとしたときだ。

「シシリー様。こちらをお持ちください」

メイドさんが渡してくるのは紙袋だった。なんだろうとのぞいてみれば、美味しそうなサンドイッチと共に折られた薬包紙が入っている。私が目を丸くしていると、メイドさんが「失礼します」と耳打ちしてくる。

「奥様からです。薬は酔い止めで……こちらのサンドイッチも、奥様が早起きして作られたのですよ」

おやまぁ、とあちこち見渡せば、窓からこっそりこちらをのぞいていたシシリーママと視線が合った。やっぱりすぐカーテンに隠れられてしまったけどね。

私は懐(ふところ)から一枚の便せんを取り出す。

「これ、ママに渡しておいてもらえる？」

そして、私たちは出発した。

馬車に乗ったとき、二階の窓から私たちを見下ろしているパパを見つけた。

目が合うや否や、こちらもすぐにカーテンを閉めてしまったけど。

ま、娘二人に反抗された惨めさを背負って、これから存分に苦労してもらいたいものである。

ガタゴト。ガタゴト。と。

シシリーと二人きりで乗る馬車はとても静かだ。

なんたって、傍(はた)から見たら一人旅だからね。

（お母様、どうするのかな……）

ママに渡したのは紹介状だった。

ここからは少し距離のある領が、最近薬学に力を入れているらしい。薬学の研究とは、つまりは植物を育てるということだ。人手はいくらあっても困らないだろう。

私はママの手作り薬をポイッと口に放り込んだ。これでも八〇〇年前は『医療魔法』の権威だったからね。魔法が使えない人でも病や怪我を対処する方法が広まるに越したことはないからと、薬学の知識も人並み以上は頭に叩き込んでいたのだ。

……いい出来だと思うよ。

たとえ離婚しても、女一人で生きていく武器になるくらいには。

ついでに、私はサンドイッチもひと口齧(かじ)ってみる。うーん、こっちはもう少し塩分が欲しいかな。薬は作れても、料理は苦手みたいだ。ま、元令嬢ならそんなものかな。

私は微妙なサンドイッチを飲み込んでから、「さぁ?」と肩を竦める。

(どうせ人生一〇〇年もないんだし、好きにしたらいいんじゃない?)

(もうノーラ、適当すぎ)

(私の親じゃないからね)

私に親はいないから、シシリーの気持ちの全部はわかってあげられないけれど。

私が提案した両親の離婚に、シシリーも特別反対しなかった。多分、それが答えである。

でも、とにもかくにも今、問題なのは、

(……アニータさんに怒られても知らないからね)

（王都でアニータにお土産、たくさん買っておこうね）

事前の紹介もなしに、友人に『離婚したママをよろしく！』とぶん投げてしまったことは——謹んで怒られますとも。

あぁ、それでもなんだかんだママの面倒をみてくれるんだろうな。

その様子を想像するだけで——今日も私の友人がとても愛い。

6章　夏休みは友達とも遊びましょう！

『イイ男は、イイ女に傅くために存在するのよ』

それが俺の母さんの教えだった。

子供心にも、その考えが突拍子もないものだとわかっていた。

しかも立派な貴婦人が社交界で言っているならともかく、ここはすごく貧しい田舎の村。

周りには野山しかなく、馬車がまともに走れるような舗装された道すらない。もちろん、日頃の食事は自給自足だ。村のみんなで力を合わせ、食べ物を分け合い、日々を生きる。

そんな何もない村でその教訓を堂々宣う母さんは、村でも変わり者扱いされていたけど。

そんな母さんが俺にとっての全てで、俺にとっての世界だった。

『アイヴィン、また水を作ったの？』

『だって最近は雨も少なかったし、畑も元気なかったでしょ？　おばあさん家の水瓶にも水を足しておいたよ。ついでに喉が渇いたっていう隣村から来ていた人の水袋にも補給してあげた！』

その頃、俺はまだ八歳。偉そうな教訓を宣っていても、母さんは村一番の働き者だった。

そんな女手一つで俺を育てる母さんの手伝いがしたくて、いつの間にか使えていた魔術。母さんが父さんと別れる前に、少しでも金の足しになるかと荷物の嵩とした魔導の本。だけど売る機会を逃していたら、いつの間にか俺が絵本代わりに読んでいたらしい。そうして気が付いたら、俺が魔術を使っていてびっくりしたと母さんはよく話していた。うちの子は天才なのかもしれない、と冗談のように大げさに、だけど嬉しそうにしながら。

そんな母さんに少しでも褒めてもらいたくて、自然とのめり込んだ魔術。村にとってただ一人の魔術師であった俺のことを『神童』と呼ぶ人もいたけど——そんな呼び名はどうでもよかった。

ただ、大好きな母さんに『ありがとう』と頭を撫でてもらえれば、それだけでよかった。

そんな、ある夜のことだった。

パチパチと爆ぜる音と、息苦しさで目を覚ませば、家の中が真っ赤だった。

火事だ。俺はすぐ水の魔術で火の勢いを弱める。

『母さん……？』

見渡しても、いつも同じベッドで寝ている母さんの姿がない。

俺が慌てて外へ出てみるも、どこもかしこも炎で村が赤く染まっている。

みんなで消火作業に勤しんでいるのなら、俺も喜んで協力しただろう。

だけど、動いているのは見覚えのない人ばかりだった。

まず先に思ったことが、すごくいい服を着た人だな、ということ。制服なのだろうか、ほとんど全員が同じような恰好をして、『残党を一人残らず殺せ』などと物騒なことを叫んでいる。

慌ただしく行き交う人々に呆気にとられていると、そのうちの一人が俺に気が付いたようだった。

『少年、君の名前は?』

『お、俺は……』

——そんなことより、母さんは?

そう尋ねたいのに、寄ってくる制服の人たちが怖くて、思うように喋れないでいたときだ。

『その子供だ』

さらに豪華な服を着た男が近寄ってきた。偉い人なんだろう。だけど年は若くて、二〇歳を少し超えたくらいか。そんな男が、俺の前で膝を曲げた。

『少年、君の母親は死んだ』

『え?』

何を言われているのか、まるでわからなかった。

それでも、俺の思考を待たずに男は話し続ける。

『というより、この村の住人が君を除いて全員死んでいる。すまなかった。盗賊に襲撃を受けていると報告を受けてすぐ馳せ参じたのだが、すでに手遅れだった。代わりといってはなんだが、今後の君の生活を支援したい。そして——』

いや、本当に何を言っているの?

母さんが死んだ? 嘘だろ。

だって俺が寝るまで、普通に食器を片付けたりしていたんだぞ?

ただ今日は俺が服を引っかけてしまったから、その穴だけ繕ってから寝ると言って……だから、俺が先に一人で寝て……それで……。

そんなとき、偉そうな人たちの隙間から倒れている人が見えた。それは女性だった。エプロンを着けて、中肉中背の、少し気の強そうな、俺の……。

慌てて駆け寄れば、それはやっぱり母さんで。なんて……苦しそうな顔をしているのだろう。目を思いっきり開いた瞼が一向に動かない。切り裂かれた腹から流れる血が赤いのか、黒いのか、炎で無駄に明るい夜だといえど、俺の目には判断がつかなかった。

ただわかるのは、母さんが死んでいるということだけだ。

もう二度と、俺の頭を撫でてくれないということだけだ。

『母さん……母さん……っ!?』

俺はその場で泣き崩れる。盗賊……とかって言ってたっけ。そいつらはどこにいるんだろう？　同じ目に……いや、もっとひどい目に遭わせてやりたいのに……いくら周りを見渡せど、倒れているのは俺に優しくしてくれたおじちゃんやおばちゃんばかり。俺と遊んでくれた友達もいる。

本当に……俺しか残っていないのか……。

その現実にただただ泣くことしかできずにいると、偉そうな男が俺を見下ろしてきた。

『母親を生き返らせたいか？』

そんなことができるのなら……!!

俺は考えるよりも前に頷いていた。

すると、その偉そうな男は俺の頭を撫でる。

『それなら、僕のもとで必死に魔術を学ぶといい。お前に最先端の魔術を学ばせてやる——代わりに、大きくなったら君の体をくれないか？』

その取引の意味を、当時の俺はやっぱりわかっていなかったけれど。

母さんが生き返るなら、なんだっていい。悪魔にだって魂を売ってやる。

こんな男ではなく、俺はただ、もう一度母さんに頭を撫でてもらいたい一心で。


俺は悪魔の取引に傅いた。

だけど、俺は悪魔に傅いたわけじゃない。

イイ女である母さんのために、俺は膝を折ったのだ。


「どうして入れないのかな？　事前に書状は出しておいたでしょう⁉」

「ですから、『シシリー＝トラバスタ様』のお名前は、来城予定者の一覧に記載がありません。一度お引き取り願えないでしょうか？」

あれから一〇日間。長い道のりをかけて、ようやく着いた王都フラジール。

その中央にあるフラジール王城の門の前で、私たちは言葉の通り門前払いを受けようとしていた。

だけど、それで引き下がってしまえば実家に顔向けができない。

だから、私はかわいくお願いしているのである。

「そこをどうにかなりませんか？　父の不出来をはるばる一人で謝罪しに参ったのです。私が入れないなら、せめてご担当者様をここに呼んでもらうことはできませんか⁉」

（そのごり押し、かわいいのかな？）

（交渉事は勢いが大事なんじゃないの？）

実際、私があまりにかわいすぎるから門兵さんは困り顔。そのハナちゃんを彷彿させる分厚い眼鏡の奥はきっと絶対困っているはずである。この眼鏡、実は時代の最先端だったり？

「担当者と簡単に言ってくれましても、城で働いている方のほとんどは貴族です。そうそう門兵如きがお呼び出しできるわけではありません」

「そこをなんとか⁉」

「無理です」

……しかし残念、交渉は失敗。

それなら、もうこの場を強行突破するしかないか。シシリーに万が一のことを考えて、穏便に変装でもして忍び込むか……と思案していたときだった。

「ご用件は、本当に税の担当者で宜しいので？」

「もちろんですとも？」

しつこい。私は何度も『税収の書類の修正と援助金の申請に来た』と言っているじゃないか。

と、そろそろムッと顔に出そうになったときだった。

「は〜い、スト〜ップ！」

突如、軽薄な声と共に後ろから抱きしめられて。

「すいませ〜ん。この子、俺の彼女なんですよ。もう俺に早く会いたいからって城に乗り込もうとか……本当に俺の彼女はかわいいなぁ〜」

もし本当にそれが真なら、なかなか危ない彼女ではなかろうか。

そんなヤバい女扱いをされて、私が見上げてみれば。

「アイヴィン＝ダール……」

やっぱり見覚えのある色男が、へらっと笑っていた。

「きみの出した書状、国王に揉み消されたらしいよ」

「はいっ!?」

そんなことを話しながら、アイヴィンが「あれ美味しいんだよねぇ」と王都中央部の商店街の屋台で買ってきたのは……グラタンみたいなのかな。ベーコンと玉ねぎとじゃがいもにとろっとろのチーズがこれでもかとかけられている。簡易容器に入れられたそれを「はいっ」と手渡されて、なんとなしに食べてみれば。玉ねぎの甘さ、じゃがいものホクホク感、ベーコンの塩味が絶妙だった。そして、それを豪快に包んでいるチーズの芳醇（ほうじゅん）な香りよ。……うん、たしかにこれは美味しい。食べながら看板を見れば……タルティフレットっていうんだね。

「昔はじゃがいもを食べなかったって本当？」

「あー……れっきとした観葉植物だったよ。根の部分は『悪魔の植物』と呼ばれて家畜の餌にしかならないと言われていたんだけど……八〇〇年前の大革命時代に、叡智王ヒエル＝フォン＝ノーウェンが食用と認めたことによって飢饉を脱したんだっけ？」

私の知識を、アイヴィンも横からタルティフレットを食べながら「よく知ってるじゃん」と上から目線で笑う。そりゃあ、こないだ歴史の授業で先生が小噺として話してましたからね。

でもそんなことよりアイヴィンさん。私の手を使って食べるのをやめましょうか。

「……近くない？」

「それ、俺が買ったんだけど」

「じゃあ返すよ」

「あれもきみ、好きだと思うよ」

そう言って、アイヴィンはすぐに次の屋台に飛んで行ってしまう。へぇ、今度は甘いものか。丸ごと林檎をチョコレートでコーティングしてあるらしい。チョコが溶けないように周りは魔術道具で冷やしてあるみたいだね。見た目もかなりかわいいし味も気になる。

アイヴィンが買ってきてくれたチョコ林檎に齧りつきながら、私は話を元に戻す。

「で、そのれっきとした王様のご子孫が、なんで私の邪魔をするかな？」

「城にまつわる云々で困らせれば、きみが泣き付いてくるとでも思ってるんじゃないの？」

「うわー……、あの鐘っぽい形をしたやつも食べたい」

ない。

「あーはいはい、ショコクスね。きみ、かなりの甘党だよね」
「これでもまともなものも食べるようにしているんだよ。体に悪いからね」
だってこの体はシシリーのものだ。お借りしている間に太らせたり、不健康にさせるわけにはいかない。

そんなこんなことを話しながら、私は今更ながら周りを見渡す。

王都の中央部にある商店街はとても賑わっている。今はちょうどランチタイム。王都には王立魔導研究所然り、国の主要機関が集まっている――ということは、それだけ一生懸命働いている人も多いということだ。そうした人たちがお昼ご飯くらいは気軽に、そして美味しいもので一段落つけるようにと、こうして『王都』という仰々しい街中ながら、屋台文化が発展しているらしい。

「ちゃんと他の通りには、王都らしい気品あふれる店もたくさんあるんだけどね。ちなみに、夜はこの辺一帯が飲み屋街になる。貴族も平民もなく、昼間以上に活気があるよ」
「ちなみにアイヴィンさんは飲み歩いてないよね?」
「未成年ですから。お酒は飲んでいませんとも」

まぁ、含みある言い方は置いておいたとして。

素直にいい街だなぁと思う。シシリーの言っている援助金然り、いざというときの対策にも抜かりない。こんな体制を、あのクズ王がしているとか……なんて皮肉かな。だてにこの国の八〇〇年を導いてきてはいないらしい。

だからといって……この世でたった一人になろうとも、私はあいつのことが大っ嫌いだけれども。

今更ながら『稀代の悪女』の異名が有難くなってくるよ。

と、自嘲したときだった。齧ろうとしていたショコクスを落としてしまう。これもチョコレートでコーティングされたマシュマロだったね。少し溶けかけていて……洋服にチョコがべったりついてしまった。

そんな私を見て、アイヴィンが「あーあ」と笑う。

「それじゃあ、今度は洋服を見に行こうか」


「でさ、なんで私たちは自然とデートをしているのかな？」

「え、今更気が付いたの？」

もちろん洋服もアイヴィンが買ってくれた。流石次代賢者様。お金持ちだなー、はさておいて。シンプルながら所々に刺繍がされた直線的なワンピースはシシリーにとてもよく似合っている。中のシシリーもかわいいと大喜びだ。

そんな姿見を見ながらアイヴィンに文句を言えば、彼は苦笑していた。

「だってきみ、あのまま放っておいたら実力行使で門を突破しようとかしなかった？」

「そんな無理しないってば。こっそり裏から侵入しようとは思ってたけど」

「やっぱり止めに行ってよかったよ」

お？　そういう発言が出てくるということは、やっぱりたまたま出くわしたわけではなく、わざわざ来てくれたということになるのかな。

「アイヴィンも暇だね？」

「これでも研究がかなり佳境でね。好きな女のために一生懸命時間を捻出してるんだけどな～」

いやー、こんなのんびり食べ歩きしておいて、どこが忙しいのかわからないけどな？

だけどアイヴィンはやっぱり人好きする笑みを浮かべて、私に手を差し出してくる。

「というわけで、行こうか」

「どこへ？」

「王城役人への裏ルート、紹介してあげるよ」

協力してくれるんだから、やっぱり暇なんじゃないのかな――と思わないでもないけれど。

こちらには都合がいいので、黙って手を取る私である。

「そもそもアイヴィンがどうして城の事情に詳しいの？　私の書状が揉み消されたとか」

「研究報告や所長のおつかいだったりで、よく城に出入りしているからね。だから城のメイドさんとか仲がいい人も多くてさ、色々と噂話を教えてくれるんだよ」

「この色男が」

「嫉妬？」

「便利だなぁと思っただけかな」

そんなことを話しながら、アイヴィンが私たちを連れてきてくれた先は、王立魔導研究所。

へぇ、この石造りの三角錐の建物……八〇〇年前にもあったな。というか、私もここで何年も研究していたな――と、この建物に来るまで思い出せなかったのは、王都の風景がすっかり変わっていたせいか、無意識にこの場所はクリスタルの中から見ないようにしていたせいか。

だけど、いくら見覚えのある研究所だといっても、入り口を管理する魔道具などの様子はすっかり様変わりしているし、行き交う人の制服もかなり変わっている。昔は黒のローブだったのに、今では白衣を思わせる制服だ。だいぶカッコよくなったね。

「懐かしいの？」

「ううん。こんな所、初めて来たよ」

「おかしいな。ノーラ＝ノーズはここの出身だと思っていたんだけど……」

ひっそり感傷に浸りながら延々と階段を上った先は、見るからに一番偉い人がいる部屋である。

そんな重厚な扉をアイヴィンは「連れてきましたよ～」と気軽にノックした。

すると勝手に開錠される音が響く。入れってことだね。

「それじゃあ、どうぞ。俺の女王様（マイ・クイーン）」

「それ、久々だね」

頭を下げてエスコートされるのも悪くない。

そうして、部屋の中に入ると――そこは一般の執務室と変わり映えのしない内装だった。ちょっとした応接ができるようなソファとローテーブルがあって。本棚がたくさんあって。書類がたくさん積まれた机があって。少しだけ座り心地が良さそうな椅子があって。

その椅子から立ち上がるのは、少しぽっちゃりした白髪交じりのオジサンだ。

「やぁ、よく来ましたね」

そのオジサンは優しそうな顔で立ち上がる。そして「珈琲（コーヒー）と紅茶はどちらが好きかい？」と指を振った。すると、離れた場所の茶器たちが踊りだす。ほう、見事なものだね。

「紅茶でお願いします」

「わかりました。アイヴィンは珈琲ですよね」

「えぇ、お茶菓子は買ってきましたよ」

そう言って、アイヴィンはテーブルに紙袋を置く。途中、キャラメル味のポップコーンを買っていたのだ。これから会う人の好物だと言っていたけど……なるほど、この人も甘党なんだね。まぁ、偉くなればなるほど頭を使うものだ。

あっという間にティータイムのセッティングが終わる。

オジサン含めてソファへ移動が済めば、紅茶を一口飲んでからオジサンは挨拶を始めた。

「僕は現在、ここの所長を務めている者です。一応、アイヴィンの養父ということにもなっていましてね。息子がご迷惑をおかけしていませんか？」

「おかげさまで、とても楽しい学校生活を過ごさせていただいております」

私のにこやかな返答に、隣に座っているアイヴィンが「それって俺が迷惑をかけているってこと？」と口を尖らせてくるけど……そこは考えすぎじゃないかな。殺されかけたことはあるけど。

それはさておき、いきなり本題に入っていいものだろうか。おそらく、この所長さんが役人に話を繋いでくれるのだろうけど……思っていた以上に大物が出てきたね。魔導研究所の所長って、そんじょそこらの貴族じゃ太刀打ちできないほどの権力があるんじゃなかったっけ？　王とまではいかずとも、宰相くらいの権限は持ち合わせているはずである。

私一人ならともかく、シシリーの今後を考えるとこちらからズケズケいくのもなぁ、と紅茶に口を付けていると、肝心のシシリーがとある物を凝視していることに気が付いた。

（どうしたの、シシリー）

（あの眼鏡、何かなぁって）

指された方を見やれば、所長の執務机の上に眼鏡が置いてあることに気が付いた。

一見普通の……レンズがやたら分厚い眼鏡である。本当に分厚い。あんな分厚い眼鏡……今どき、ハナちゃんくらいしかかけていないんじゃないかな。八〇〇年前ですら、あんな分厚いレンズは時代遅れとされていたけど。実は私が知らないだけで、あれが時代の最先端だったり？　そういや門兵さんもかけてたっけ。所長さんのかな、とも思ったけど、あんなに視力が悪いなら今みたいに談話するときもかけていないと不便なんじゃなかろうか。現在の所長さんはちゃんとつぶらな瞳が直接見えている。

すると、私たちの視線に気が付いてか、アイヴィンが話しかけてくる。

「あの眼鏡、最近所長が研究しているやつなんだよ。認識阻害の魔術がかけられているんだ」

「認識阻害っていうと……誰だかわからなくなる的な？」

「そうそう。貴族のお忍び用で制作依頼を受けたはいいものの……そもそもあの分厚い眼鏡自体がインパクトがありすぎてお忍びにならないんじゃないかとか、認識阻害の術式自体が、今後悪用されるんじゃないかとか、色々議論がされていてね」

へぇ、なんかちゃんと研究してるっぽいじゃない？

などと、私が感心していると、珍しく心の中がうるさい。

（へぇ、すごーい！　ねぇ、ノーラ。あの眼鏡かけてみてよ！　気になる気になる）

（ふふっ、後で用件が終わったらね）

そっか。シシリーはああいうものに興味あるんだ。

だったらやっぱり将来は……と、その前に。私こそ目先の用件をこなさないとね。シシリーパパの不出来の尻拭いをしなければと、所長に尋ねようとしたときだ。

「アイヴィン！　アイヴィン、大変だっ！」

扉が何回も叩かれる。

それに所長さんが「何かな？」と指を鳴らせば、外から白衣を着た人物が慌てて入ってくる。

「所長、失礼します！　アイヴィン、例の被検体の数値が基準値を超えたぞ！」

「え、まじで⁉」

その言葉に、アイヴィンが慌てて腰を上げた。今すぐ駆け出したいのだろう。だけど私と所長をチラチラと見ては……後ろ髪を引かれているようである。

だから、私が「どうぞ」と手をやり、所長が「行ってきなさい」と許可を出せば、彼はすぐさま「ありがとう！」と呼びに来た白衣の研究員と走り出してしまった。

「やれやれ、騒々しくてすみませんね」

開けっ放しの扉を、所長さんはわざわざ自分の手足で閉めに行き。

その扉のそばで、所長さんがにっこりと微笑んだ。

「これも何かの縁ですし、あなたも僕の実験に付き合ってくれませんか?」

「いいですよ?」

一方的に貸しを作るのも気が引ける。

だから躊躇うことなく頷けば――所長は私に手のひらを向けてきた。

攻撃的な魔力が膨れ上がる。

そして放たれるは、暴力的な熱量だった。

思わず笑ってしまう。ちょーっといきなりが過ぎるんじゃないかな?

もちろん、即座に障壁を張って防がせてもらいますけど。

私が張った障壁に熱が蒸発し、じゅわっと熱気だけが室内を立ち込める。魔力の気化は少し癖のある技法なのだが、意外と使用魔力量は少ない。だからシシリーの体にもそう負荷もなく使えたのはいいんだけど……難点は室内で使うと、蒸し風呂みたいになってしまうこと。

そんな中で、所長は「ほう」とご満悦に顎を撫でていた。

私は容赦なく文句を飛ばす。

「いくら偉い人だからっていきなりはないんじゃないの? 相手が私じゃなかったら丸焼き令嬢になってたんじゃないかな!?」

「ははは。丸焼き令嬢……響きはなかなかかわいいですね」

見た目はぜんぜん可愛くないっての。

そう不貞腐れると、所長は笑いながらだが「すみませんね」と謝罪を述べて。パチンと指を鳴らした。すると部屋の空気がほどよく冷たくなる。そしてテーブルには、紅茶とポップコーンだけではなく美味しそうなケーキがやまほど置かれていた。

「これは詫びの印です。宜しければお召し上がりください」

「一応確認するけど、毒とか入れてませんよね？」

「別に今のはあなたを害そうとしたわけではありません。あなたの中に魔術と異なる魔力が混在しているようだったので、確認させてもらおうかと」

「なるほど？」

流石は現在、魔導のトップに立つ男。魔力の察知に長けている模様だね。アイヴィンでも髪にこもった魔力の違いに気が付いたのだ。言われてみれば当然である。

……つまり、『私（ノーラ）』とシシリーについてバレかけているということだ。

（それって大丈夫なの!?）

（どうかな？）

大丈夫かどうかは、さておいて。

私がソファに座り直し、フォークを使わず手づかみでアップルパイを頬張る。まろやかなカスタードの甘みと林檎の甘酸っぱさがちょうどいい塩梅（あんばい）で思わず頬が緩んじゃうね。

そんな私の対面に所長も座った。彼はチョコレートケーキをお上品に食べ始める。

「元よりアイヴィンが一学生に固執し始めたという情報を僕のほうでも耳にしておりまして。あの子が他人に関心を示すなど初めてのことです。親バカだということでお許しいただきたい」

「親バカで殺されるのも笑えないかなー」

横を向きながら脚を組みつつも、このアップルパイは美味しい。モグモグ食べていると、「それ、僕の手作りでして」と告げられる。思わず私は視線を向けた。

「もしかして、これ全部？」

「菓子作りが趣味なんですよ」

もう、アイヴィン。もっと早く紹介してほしかった……！

などと簡単に絆されかけていると、所長は言う。

「その体の持ち主の魔力は、言いづらいですけど人並みですよね」

「そうだね。最近までは魔力がないって言われていたくらいだから」

懐かしい響きの『枯草令嬢』。この四ヶ月で、そう呼ばれることもなくなったけれど。

私は口周りを手で拭ってから、ニヤリと口角を上げる。

「もし『稀代の悪女』が乗り移ってる……なんて言われたら、どうする？」

（ノーラ⁉）

もちろん心の中のシシリーは慌て始めるけれど。

ここで下手に誤魔化しても、面倒なだけだと思うんだよね。二人分の魔力って、ようは『私』の存在はバレてしまっているのだから。正体を隠すより、言ってしまったほうが話は早いだろう――この人よりもっと偉い王様は、その事実を知ってしまっているんだし。

　でも、少なくとも目の前の所長は驚いたように目を見開いているから。

　あの国王が私のことを他者に話した様子はないってことか。それが知れただけでも、それなりの成果だろう。そう考えながら再び淹れ直しただろう温かい紅茶を飲んでいると、所長はお茶を淹れ直すのではなく――なんと頭を下げてきた。

「もしそれが本当なら――どうか、アイヴィンを救ってやってください」

「……『稀代の悪女』に頭を下げるとか、あなたにはプライドがないの？」

「僕が面倒を見始めたのは彼が八歳の頃からですが……もう、本当の子供のように愛しているのです。我が子のためなら、僕の命くらい悪魔にだって売れます」

　ここまで、所長は欠片も頭を上げようとしない。

　そうか、私は悪魔と同列の存在なのか……。

　そのことにちょっとだけ傷つきながらも、家族って不思議だなぁと、少しずれたことも考える。

　子供を利用しようとするシシリーの親のような人もいれば、実の子供でもないのに命をかける親もいる。まぁ、人それぞれだと言ってしまえばそれでおしまいなのかもしれないけど。

　でもとりあえず、この人から話を聞くのはそれなりに面白そうだ。

「養父ってことらしいけど、養うきっかけは？」

　その問いかけに、所長は頭を上げずとも固唾を呑んだのが察せられた。

　だけど、彼はしっかりと答えてくれる。

「国王陛下です。僕はアイヴィンが成長するまで『壊れないように』と保護を任されています」

その発言に、私は噴き出した。

壊れないようにって。すでに物扱い？

所詮は自分の乗り替わる器にしかすぎないと？

「あんの……クズがっ！」

罵声を吐き捨てると共に、思わずカップを投げ捨ててしまう。

だけど所長は非難することもなく……むしろ縋るような目で私を見てきた。

「ご存知のようですが、アイヴィンは王の次なる器になるべく拾われてきました。魔導に長けた幼子がいる――そんな噂一つのために、王は極秘裏に村一つを焼き払ったのです」

「どうしてそこまでする必要が」

「僕にはわかりません。ただ察するに、悲劇的な環境に仕立てて、少しでも憑依しやすくしたかったのではないでしょうか。憑依するためには相手の承諾がいる――そのため王はアイヴィンに『母を生き返らせる研究環境』を与え、現在も……アイヴィンはそのための研究に余念がありません」

その話に、私は溜め息を吐くしかない。

その話の詳細を、正直私は聞きたくない。胸糞悪い話でしかないのが明らかだからだ。

（それでも、ノーラは聞くんでしょう？）

シシリーにそう言われてしまうと、思わず泣きそうになってしまう。

この子は、本当にもう……。

私が聞けば、自分も聞く羽目になるのがわかっているっているのかな？

あんなに弱かった『枯草令嬢』が、ここまで勇気を出しているのだ。

『稀代の悪女』が逃げるわけにはいかないだろう。

「彼の母親を殺したのも、ヒエル殿下なんだよね？」

その疑問符に、所長はコクリと頷いた。

「そうです。アイヴィンには盗賊が村を襲撃したように思わせる演出をさせられましたが……村に火をかけるよう命じられたのは僕です。逃げ惑う村人を斬り捨てたのは国王の私兵。全ては、新たな国王の器を手に入れるために――」

言葉の途中から、私は話を聞くのをやめる。

代わりにシシリーに尋ねるためだ。

（ごめん。役人への伝手……ぶっ壊してもいいかな？）

（後でまた考えればいいよ）

（ごめんね）

そう、シシリーに許可をとってから――私は所長にお茶をぶっかける。

まだ熱かろう、だけど所長は文句の一つも言わず、口を閉ざすだけ。

そんな殊勝な偉い人に、私は静かに問いかけた。

「なぜ私が怒っているのか、わかる？」

「どの口がアイヴィンを助けろと乞うているのか、ということでしょうか」

「ご名答。流石現在の魔導最高権力者」

私の嫌味にも、所長は眉根一つ寄せない。ただただ奥歯を噛み締めるだけだ。

「我々魔導研究所の職員は、皆、入所するときに契約印が刻まれます。国王の命令に逆らえば、命を失うというものです」

所長曰く、その印は胸に刻まれているらしい。誰もオジサンの裸は見たくないからね。「見せますか？」という問いかけには「今度アイヴィンに見せてもらいます」と答えておいて。

その印の意図を、私は推察する。

「反逆と革命の防止って名目かな？」

「ご理解が早い」

あれだ。魔導士に反旗を翻されたら、あのクズ王は御する自信がないのだろう。度量が狭い。まぁ、そんな理由があったところで、アイヴィンの故郷を燃やしたことを「仕方ないね」と流すつもりはないけれど。

「つまり、今の世の魔導士は総じて無能ってこと？　みんな傀儡になるために魔導を極めようって？　人間はこの八〇〇年間、随分とラクをしてきたみたいだね」

「お怒りはごもっともです……ですが、あの国王も悪いだけではない。一部が犠牲になれば……ほとんどの国民にとってはとてもいい王なのです。街は栄え、飢饉などの自然災害に対しての対応も手厚い。他国ともこの八〇〇年間、大きな諍いはない。だから――」

「そのために、アイヴィンに死ねと」

すると、所長は堰を切ったように喋りだす。

「僕には時間を稼ぐことしかできないのです！　本当は彼が一六になった頃に憑依を完成させる話がありました。だが、学生には国王でも不可侵な人権保護の制度がある。それを利用して、無理やりアイヴィンを学校に入学させ……三年間、時を稼いで……その間に、何か手だてがないかと抗うことしか――」

「そして、その三年目で『稀代の悪女』が復活したと？」

私の言葉に、濡れたまま押し黙る所長を見て。

「あははっ、この世の平和を、再び私に壊せってことかな！」

もう笑うしかない。この所長は自分が悪人になるつもりはなく、だけど愛着の湧いてしまった息子を助けたいがために、八〇〇年前の悪女に再び悪行を強いているのだ。

「なんたる傲慢。なんたる勝手。そんな人のいい顔をしておいて、ものすっごいワガママだね！　めちゃくちゃムカつく！」

そして、私は立ちあがる。私はこの人が嫌いだ。

「あなたの頼みは聞かない。私は私のやりたいようにする――結果、アイヴィンが助かろうが、この世が崩壊しようが、あなたには一切何も関係ないから」

そう言い切って、部屋を出る。後ろから「ありがとうございます」とすすり泣く声が聞こえる気がするけど、気のせいだろう。私は螺旋階段をゆっくりと下りる。

すると、シシリーが話しかけてきた。

（ノーラ、どうするの？）

（ちょっとシシリー、他人事？）

（このまま、あの王様の所に殴り込みに行く？）

その疑問符に、私は思わず噴き出す。

（それ、あなたの体が衛兵に串刺しにされる可能性も少なくないんだけど？）

（でもわたしたちは一蓮托生でしょ？　アイヴィンさんには……ノーラに出会う前から、少しだけお世話になっていた気がするんだよね）

（前もそんなこと言っていた気がするけど、何その微妙な言い回しは？）

一年生や二年生のときもシシリーは同じクラスだったらしいから。その間に何かしらの縁があってもおかしくはない。だけどそれは、シシリーが命をかけるほどのものとは思えない。それは私に対しても同義だ。

（そんな悟りを開くのはやめなさい。あなたはそこまで私に付き合う筋合いは――）

ないと、話そうとしたとき。近くの研究室がやたら騒がしいことに気が付く。

『魔導人形研究室』――アイヴィンの研究分野だ。

そういや、アイヴィンが何かの数値が云々で飛び出していってたっけ？

ちょっと気になって、のぞいてみれば。部屋の真ん中の人形（ドール）が、まるで生きているようにまばたきしている。裸の女性だ。だけど、その豊満な胸元には赤い結晶が埋め込まれていた。ゆるい癖毛を伸ばしたその年齢は三〇代前半かな。

そんな淑女をまっすぐに見つめて――研究員仲間に喝采を受けている張本人、アイヴィン＝ダールは静かに涙を零していた。

「母さん……」

「アイ……ヴィン……」

アイヴィンの呼びかけに、その女性人形が答える。

その声に、さらに研究室が湧いた。

まさに世紀の大研究が成功したと言わんばかりの雰囲気についていけないのは私だけではない。

(何なに？　一体どうしたの⁉)

(……簡単に言えば、ドール研究の応用で死者蘇生に成功したってことだろうね)

(死んだ人が生き返ったの⁉)

死者蘇生は人間の存在意義から否定する禁忌中の禁忌。

だけど……奇跡の力を研究する者ならば、誰もが一度は憧れる技法である。

そして、アイヴィンは言っていた——何を賭しても、生き返らせたい人がいると。

(ほら、あの胸の赤い宝石みたいなの見える？　亡くなった人の残留魔力を結晶化したものなの。正式名称は……今の時代じゃわからないけど、私の時代ではクリスタルって呼んでいたかな。魔力の中の記憶でドールが動いているって感じだと思うよ)

厳密に言えば、色々と違うのだけど。この場の雰囲気に即した言い方をすれば、こんなところか。

ともあれ、シシリーも今のところは細かい仕組みを知りたかったわけではないらしく、

(へぇ、アイヴィンさんって本当に天才だったんだね！)

と、他の研究者と一緒で賛辞を贈りたい様子だ。

なので、私も一言くらい声をかけるべきかと悩んでいると、アイヴィンのほうが先に私を見つけた。

他の研究者を押しのけて、私の肩を揺らしてくる。

「ほら、見ろよ。嘘つき。ちゃんとできたじゃないかっ！」

「う、うん……よかったね……？」

あの、アイヴィンさん？

私、お母さんの蘇生は絶対にできないとあなたに話したことがあったかな？

あなたが死者の蘇生を研究目的としていることは体育祭のときに聞いたし、それが母親なんだろうってことは先ほど所長から聞いた話で予想できていたけど……私はあなたに『できないよ』なんて言ったことなかったと思うけどな？　夢見ることは若人の特権だし。言わずとも、私の雰囲気から言われたような気になってしまっていたのだろうか。

だけど、とりあえずアイヴィンは興奮の真っ只中にあるようで。

アイヴィンは私の手を引いてくる。何回か彼と手をつないだことはあるけれど……今までで一番手が痛かった。だけどアイヴィンは痛がる私なんかに気付かず、とても嬉しそうな顔で私と対面させる。

「紹介させてくれ。俺の母親だ」

すると、その人形はにっこりと微笑んだ。

その柔和な笑みは、まさに『母親』そのもの。

だから、私は確信する。

この『人形』は、すぐに壊れるだろうな――と。

その後、研究所内はお祝いモード全開だった。

（お祝いはいいけど……誰もあのお母さんに洋服を着せてあげないのかな？）

（言われてみればたしかに）

研究者なんて、私を含めて頭のネジが何本か外れている者が多い。被検体の裸なんて誰も気にしていないのだろう。だから私は、シシリーの当たり前の気遣いに思わず微笑む。

（どうかシシリーはそのままの研究者になってってね）

（えっ、なんでわたしが研究者に……）

（さっき魔導メガネに興味津々だったのは誰だったかな？）

まぁ、その話は後日改めるとして。

まさに宴だ。アイヴィンの『母親』を囲んで飲めや歌えやの大騒ぎ。

その中でアイヴィンも笑って泣いてと大忙しだったと思う。そんなめでたい場に部外者がいるのもおかしいだろうと、私たちはお暇しようとしたんだけど……アイヴィンの『泊まる場所とお金はあるの？』というひと言で撃沈した。王都の宿はね……女の子一人で泊まれるような安全な所、お高いんだよね。

諸々の手続きだけしてすぐに出るつもりだったたし。

なので本日の主役だというのに、しっかりと研究所に併設している宿舎の一部屋を手配してくれたアイヴィンの好意のもと、私たちは夜をのんびりと休めていた。明日は所長の一筆を持って、城の役人のところまで連れて行ってくれるらしい。

相変わらず、何から何まで至れり尽くせり。流石、色男……というか、単に彼が優しいだけかな。どれだけ私のことが好きなんだか？

だからこそ――シシリーも眠って、ひときわ静かな夜に一人ベッドから起き上がる。

だけど、良くも悪くも一蓮托生。私のちょっとした行動でシシリーも起きてしまうらしい。

（ノーラ……どこに行くの……？）

（シシリーは寝ていていいよ。見ていても気分がいいものじゃないから）

（それ、余計に気になるから）

普段、どちらかが寝ているときは体を一方の自由で動かせるんだけどね。だけどシシリーは寝るタイミングを私に合わせて、一人で動こうとはしない。相変わらず自我が弱いのか、それとも何も考えていないのか。

正直シシリーのことも全てわかるようで、実のところ何もわかっていないんじゃないかと思うことが多々あれど。どんなことであろうと、私はシシリーの意志を邪魔するつもりはないし、それがどんなに間違っていようとも、やりたいことがあるならなんでも協力するつもりだ。

そう――相手がシシリーの場合は。

（今から、アイヴィンのお母さんを壊しに行くの）

「ねぇ、母さん。俺ね、学校に行って、色んな人に出会ったよ」

深夜の研究室の中から、ポツポツと人の声が聞こえる。

その少年の声はとても穏やかだった。

「貴族の学校って聞いていたから、いけ好かないやつらばかりだと思っていたんだけど……話してみると、そうでないコも多くてさ。そりゃあ、中にはどうしようもないやつもいるけど……高飛車なお嬢様かと思ったら、すごく友達想いなコだったりさ。そのコはいいところのお嬢様なのに、将来は魔導研究の道に進みたいんだって。勿体ないよね。そのまま暮らしていたら……何不自由することなく、いい生活を続けられるのに。こんなところの研究者になったからって、全ては王様のお膝元で、気遣いができるココこそ窮屈なだけなのに」

これは……アニータのことだろうか。

そうか、彼なりにアニータの将来を案じて、敢えて推薦をしないのだろう。そりゃあ幼少期を貧しい村で過ごして、将来も国王に握られている彼からすれば——わざわざこんな場所に自ら踏み入れる必要はないと考えていても不思議ではない。

そんな彼の独り言は続く。

「後ね、学年一有名ないじめられっ子とも仲良くなったよ。なんと八〇〇年前の悪女に体を乗っ取られちゃったんだってさ。めちゃくちゃ不運で可哀想だよね。どんな精神的虐待を受けているんだか……ちゃんと体を返してもらえ——」

「ちょっと、なに勝手なこと言ってくれちゃってるのかな！」

妙な異名はあれど、シシリーのことは私なりにめちゃくちゃ大事にしておりますが⁉

思わずバーンッと扉を開け放つと、アイヴィンはこちらを向いて小さく笑う。

「ずっと聞き耳を立てているとか、性格悪くない？」

「……そもそも、あなたが起きているのが意外なんだけど」

「そりゃあ、日中はみんながいてゆっくり母さんと話ができなかったからね」

なるほどね。彼からしたら、ようやく母親とゆっくり過ごせる念願の時間だったわけか。それは邪魔して悪かったかな。いつもよりラフなシャツは彼の寝間着なのだろう。特にセットされていない下ろした髪を、ゆるいワンピースを着た母親に梳いてもらっている。

一八歳の色男が母親に甘えているとか、一見すると受け入れがたい光景だけど——母親が無残に殺されてから一〇年。彼はこの時間をどんなに待ち望んでいたのだろうか。

（それでも、ノーラはやるんでしょ？）

（そう、だね……）

そんな彼の母親は、私たちの方を見向きもしない。

ただ『母親』のような顔をして、アイヴィンの髪を梳き続けるのみ。

私がどう切り出そうか悩んでいると、アイヴィンのほうから話しかけてくる。

「母さんの服……ありがとね。たしかに、ずっと裸じゃ恥ずかしかったよね」

「あぁ、それ先に気付いたのはシシリーだから。正直、私も言われるまで全然気にしてなかったよ」

「研究者ゆえってやつか。トラバスタ嬢は何が好きなの？　お礼をしなきゃ」

「シシリーはチーズが好きだよ」

「じゃあ、今度美味しい店を見繕っておくよ」

そんな、どうってことない会話。

これが普段なら、さらにここから会話が弾んだことだろう。どんなチーズが好きか、とか、そもそもきみたちの味覚は共有されているの、とか。アイヴィンは会話上手だ。根掘り葉掘り、喋らなくていいことまで喋らされているのが常である。

だけど、今日限りは会話がここで止まる。

彼なりの――出て行ってほしいという合図なのだろう。

だけど、私は出て行かない。代わりに質問をする。

「……それは、『殺人人形（キリングドール）』でできているんだよね？」

「そうだよ。皮肉にも、殺人人形の形態が一番魔力の伝導率がいいからね。母さんのクリスタルは一〇年物だから……通常のドールではもうクリスタルからの命令系統を感受できなくてさ」

なんの皮肉か、人殺しの道具は本当によくできた物が多い。ただ私から言わせれば……それはあくまで現在失われたとされている魔法を使って作成されているせいもあるだろう。魔術は多くの人が同じように扱える半面……自由度が低いのだ。そもそも人殺しの道具を作ろうという発想自体、どんどん廃（すた）れてほしいものである。

「その殺人人形も、一からアイヴィンが作ったの？」

「いや――現在の魔術レベルじゃ、これほど高性能のドールは作れないよ。これは以前きみが壊したドールと同一の場所で発見された二機だ。あっちのほうが本当は耐久性が高かったから、あっちを本体にする予定だったのに……誰かさんが壊しちゃうからさ」

「そんな大事なものだからこそ、近くに置いておいたんだけど。まぁ、過ぎたことを言っても――」

「大事なものを学校に持ってくるのが悪いと思うよ」

仕方ない、そう言葉を続けようとしたのだろう。

だけど、彼はそれを口にすることができなかった。

なぜなら『母親』に首を絞められてしまったから。

「くそっ！」

私は急いで魔力を紡ぐ。そして攻撃的な細い熱線で、『母親』の頭部を貫こうとするも――それは魔術的な障壁で弾かれた。咄嗟にアイヴィンが防いだのだ。

ズレた熱線の衝撃で、実験器具が壊れる音が響く。

それとほぼ同時に、アイヴィンは首を掴む手をなんとか振りほどいたようだ。ケホケホと咳き込みながらも……その『殺人人形』にかける声は優しい。

「ふふ……まだその体に慣れていないからね。力加減を間違えちゃったんだよね？」

「アイヴィン、いい加減に――」

「黙れよっ！」

目を覚ませと、最後まで言わせてもらえなかった。

彼ほどの頭脳の持ち主なら、わかっているはずなのだ。

これが本当の母親でないことくらい。

母親の顔をした『殺人人形』にすぎないことを、わかっていないはずがないのだ。

それでも……彼は怒声をあげたいのを懸命に堪えて、私に向かっても極力優しい声を出そうとする。

「放っておいてくれていいからさ……きみは先に寝てきてよ。明日はちゃんと役人に会わせてあげるから。今晩だけは、さ……？」

「ちゃんと自分で処分できるの？」

「そんな言い方――!?」

やるしかない。

私は有無を言わさず、再び指先に溜めた熱線を彼の『母親』へ放った。

大きな舌打ちとともに、それをアイヴィンは当然のように払う。

「これ以上は冗談として流せないけど？」

「お生憎様。私は本気だよ」

躊躇わず、今度は両手に集めた熱を雷に変換して放つ。

私の容赦ない攻撃に、アイヴィンが喚く。

「この――悪女がっ！」

「そうだよ。私は『稀代の悪女ノーラ＝ノーズ』だもの」

だから、存分に恨めばいい。

恨みなんか数えきれないほど背負い慣れている。私が封印されるときの民衆の歓喜の声を、きっとあなたは知らないだろう。その民衆が今更一人や二人増えようが、私には、さして問題ないのだ。

だから、存分に恨んでほしい。

その妄執が私への復讐心に代わったところで——私にはどうってことないのだから。

（……嘘つき）

（最近のシシリーは減らず口が多くないかな）

心の中でそんな軽口を叩きつつも、状況は正直言って悪かった。

こちとらずーっと全力で攻撃しているものの……一向にターゲットに当たってくれないのだ。全てを完璧にアイヴィンが防いでしまっている。実験室内はもうボロボロだけどね。

埒（らち）が明かないと攻撃の手を一瞬緩めたとき、アイヴィンが笑った。

「もう諦めなよ。トラバスタ嬢の一般的な魔力量じゃ、いくらセンスに長（た）けていたって俺は出し抜けないよ？　もうきみは一般人なんだから。自分の身の回りだけ大切にしておきなよ」

「ふーん、言ったね？」

そこまで言われて黙っていられるほど、私はできた人間ではない。

それに……こいつはわかっていないのかな？

私の青春に、常に付きまとってきたのがアイヴィン＝ダール（あなた）なのにね？

だから私は息を整えてから、手を上に掲げた。

「来い——『私（ノーラ＝ノーズ）』の魔力！」

「はっ」

アイヴィンの嘲笑だけが聞こえる。

いくらシシリーの魔力を込めても、遠くから私の魔力を連れてくる気配はない。

「無駄だよ。この研究所の全体に結界が張ってある。外からどんな魔導的な攻撃をされても、通さないような結界がね。だから中からいくらきみ自身の魔力を呼ぼうとも、それがきみのもとまで届くことはない」

それでも手を掲げ続ける哀れな私に、アイヴィンは慈愛にも似た笑みを浮かべたとき――私は大きく足を踏み鳴らした。途端、わずかなランプに照らされた私の影が鋭利に伸び、その黒い実体がアイヴィンの喉元を狙う。

「なっ」

たかだか『次代の賢者』如きがバカにしないでくれるかな。

私は『稀代の悪女』と謳われる前に、八〇〇年生きている『大賢者』だ。

あなたの言うセンスだけで、一八歳の若造を出し抜くくらい簡単だよ。

だから、アイヴィンの自身への致命的な攻撃を防ぐための一瞬で、私はシンプルな熱線を人形へ放とうとしたときだった。

「えっ?」

今度、目を見開いたのは私のほう。

その『母親』を模しただけの『殺人人形（キリングドール）』が、自らアイヴィンの前に躍り出し――私から伸びた黒い影が、彼女の胸に光る赤いクリスタルを貫いた。

「母……さん……？」

その呼びかけと涙は、つい半日前に見たものと同じ。

だけど、今は希望とは反対の……。

そのまま、アイヴィンの『母親だったもの』は瓦解した。粉々となった『母親だったもの』をアイヴィンは何度も何度も掬う。その砂塵は、彼の手から簡単に零れてしまうけれど。

私がその光景を見下ろしていると、アイヴィンは「ははっ」と笑いだした。

「やっぱり……きみの言うことは本当だったんだね」

「私、何か言ったかな？」

「この研究が成功するはずがないって……あぁ、ごめん。きみじゃないんだったね」

ちょっと、まったく意味がわからないんだけど。

それでも、その言葉はただ自分を責めているだけにも聞こえたから。

私は本心を口にした。

「母親って、いいね」

「何それ、嫌み？」

「まさか。こんなボロボロになっても、最後まで子供を守ろうとするとかさ……そんな人が私にもいてくれたら、少しは救われたのかなって」

そうしたら、こんな未練たらしく八〇〇年も生きずに済んだのかなって。

そんなことを思っていると、アイヴィンが再び声をあげて笑う。

今度は得意げに鼻を鳴らして。

「あぁ、すごいだろ。俺の母さん！　世界で一番強くてカッコイイんだ!!」

うん、すごい。本当にあなたも、あなたのお母さんもすごいと思う。

だから自然と、私も口角をあげていた。

「アイヴィンの好みの女性は『お母さんみたいな人』ってことだったんだね？」

「あ〜……そう言われると、そうなるのか？」

「つまり〝マザコン〟だと」

たしか今どきはそういう極度な母親好きをそう呼ぶんじゃなかったっけ？　もちろん、あまりいい意味ではなく。それを問えば、途端にアイヴィンは眉根を寄せる。

「それを言われると……まるで俺がダメ男みたいじゃないか」

「まだ親離れできなくてもいいじゃない。たった一八歳の子供なんだし」

「そりゃあ、八〇〇歳に比べたら子供だね？」

「それはマザコンと言われた仕返し？」

彼の嫌みを直球で指摘してみれば、彼も「もちろん」と軽やかに笑って。

少しの無言の後に、彼は再び視線を落とした。

「少しだけ、一人にしてもらってもいいかな」

「えぇ、もちろん」

ここまで破壊されれば、もう母親だった人形の復元は難しいだろう。たとえ本体をどうにかできた

としても、肝心のクリスタルがなければ『母親』としては機能しない。

だから、私の出番はここまでだ。

私たちが研究室を出ようとした直後、アイヴィンが声をかけてくる。

「もう、俺がいるだろう?」

「えっ?」

その言葉に振り返っても、アイヴィンはこちらを見ていなかったけれど。

「たとえ八〇〇年前にそんな人がいなかったとしても……もうノーラは一人じゃないだろ?」

「母親を殺された直後にそれ言えるの、カッコよすぎないかな?」

「知ってる。だから俺、モテるんだって」

そして、私は扉を閉める。

(ノーラにはわたしもいるからね!)

今だけ、私はシシリーに憑依したことを後悔した。

こんなにも抱きしめたいのに。

一つの体を共有していたんじゃ、抱きしめることもできないじゃないか。

翌朝、本当にアイヴィンは私たちを迎えに来た。

城下は朝も多くの人たちで賑わっている。どうやら昼と同様、仕事前に朝食を摂ったり珈琲が飲めるように多くの出店がそんなメニューを用意しているらしい。

だから、その輪の中に私たちも入れてもらって。

それから城の中に案内されれば、アイヴィンが「じゃあ、俺は用があるから」と別れたところで、本当に顔パスで役人のもとまで通してもらえた。

事前に魔導研究所のあの所長が話も通してくれていたらしく、役人の方には「父親の代わりに偉いねぇ」と褒められる始末だ。その子供扱いに拍子抜けだけど……まぁ、しっかりと視察が派遣された後に、領民に悪いことにはならないように援助金なども約束してくれたので、大人に甘えることにいたしましょう。

そんなやり取りの後、腕を伸ばしながら城から出てみれば。

そこには大輪の花束を二つ持った色男、アイヴィン＝ダール。

「もし宜しければお嬢さん方、残りの夏を俺と過ごしていただけませんか？」

「デートのお誘いは嬉しいけど……すぐに学校に戻らないと二学期が――」

「それなら研究所内に学校直通の緊急転送陣があるから、それを使えばいいよ」

「それ、職権濫用って言うんじゃないかな」

まぁ、でも。

それを使わせてもらえるのなら、一週間ほど移動時間に費やすはずだった時間が自由になるわけで。

王都の観光も、それ以外の町にも、足を延ばすことができるかもしれない。

アニータにもお詫び品というお土産を買う必要もあるしね。

それに……『お嬢さん方』と、私たち二人をエスコートする気概も気に入った。

（どうする、シシリー？）

（ノーラがデートしたいなら、付き合いますけど）

（何、その言い方）

私とシシリーが相談していると、彼は「ダメ？」と甘えた猫のような顔で手を差し出してくる。

まぁ、私はどのみち悪女だ。

いまさら彼の職権濫用くらい、大した罪にもならないだろう。

「付き合いましょう」

階段を下りた私がアイヴィン＝ダールに手を重ねたときだった。

「束の間のよい夢を」

立ち去る間際に、階段上の厚底メガネの門兵が声をかけてくる。

だから私は振り向くことなく、親指だけを下に向けた。

「次に会うときは絶対に泣かすからね。くそったれ」

そして、私はアイヴィンの腕を掴んで「行きましょ」と彼を引っ張る。

「あの認識妨害の眼鏡、もしかして――」

「私の妄執的なただのファンだよ。モテる女もツラいね」

そう――今は夏休みなのだ。

学生最後の夏は楽しく笑って終わらせるべきなのである。

だから私の『ついで』の復讐は、また今度にいたしましょう。
どうせ八〇〇年に比べたら、数ヶ月なんて瞬きの間だ。

エピローグ

新学期。開口一番、やっぱり私はアニータから文句を言われた。

「シシリー！　あの手紙はないいんじゃないいんですの!?」

「うちのママ、元気？」

「とても元気に土いじりをしていただいておりますわっ！」

あぁ、今日も私の友人がとても愛い。

どうやら私たちが実家を出た後、シシリーママもすぐに離縁状を置いて家を飛び出したらしい。

私の書いた手紙一枚を頼りに、ママもおそるおそるヘルゲ家の門を叩いたらしいのだが……流石は私の大好きな友人。私の直筆の手紙とシシリーそっくりのママさんの顔に、無下にはできなかったようだ。きちんと薬学の知識と製薬技術を確認したうえで、現在はヘルゲ家お抱えの薬学研究員の助手見習いをさせてくれているらしい。

「あなたが厳しくするよう言っていたから、本当に雑用から始めてもらっていますけれど……お腹を空かせるようなことにはなっておりませんわ。それで宜しいんですよね？」

「うん、アニータ大好き！」

「そんな安っぽい好きほど嬉しくないものはございません！」

「えぇ〜？」

「本当に……あたくしも厄介な友人を持ってしまいましたわね」

抱き付かれたアニータはそう溜め息を吐きながらも、やっぱり満更でもなさそうで。

そんなかわいい友人と久々の交流を楽しんでいると、アニータが教室に入ってきた生徒に目を向ける。

「あら、ハナさん。あの後も旅を楽しめまして？」

「はい……おかげさまで」

新学期も垢抜けることなく厚底メガネ、長袖、長スカートのハナ＝フィールド。

ハナちゃんとアニータ、夏休みも会っていたの……？

そのことに目を丸くしていると、アニータが少しむくれる。

「なんですの、その顔は。ハナさんは夏休みの間一人旅をしていたようでして、我が家にもお立ち寄りくださいましたの。それこそ、道に迷っていたあなたのお母様を連れてきてくれたのもハナさんですのよ？」

「あら……それはどうもありがとう？」

まぁ、アニータとハナちゃんは一緒にダブルスのテニスで優勝したこともあるんだし？　それは立派な友達であるんだろうから、夏休みの間に会うことだって不自然じゃないんだけど……。

なーんか、面白くないな？

（わたしは感謝だよ？　てか、お母様迷子になってたんだねぇ……）

（そりゃあ昔からお嬢様には違いなかったっぽいし、人見知りで人に道を尋ねるのも苦手っぽいし、

おかしくはないんじゃないかな）

だから、私も口ばかりのお礼を言えば、ハナちゃんも「どうも」と会釈だけ返してくれた。

その後はスタスタと自分の席に行って、すぐに他のクラスメイトと話し始めてしまったからね。

私とはやっぱりこれ以上、話が盛り上がらなかったけどね！　ぐすん。

ちなみに新学期ギリギリまで一緒に遊んで、昨晩の遅くギリギリに一緒に戻ってきたアイヴィンは寝坊でもしたのか、始業の鐘と同時に教室に滑り込んできた。

「おはよう、お二人さん。新学期もよろしくね」

私の頭をぽんぽんと叩きながら、そう顔を近付けてくる色男は、今学期も健在のようである。


新学期の初日らしく、全校集会やら二学期の説明やら受けるだけで本日のカルキュラムはおしまいだ。今日は魔導解析クラブの日。たしか二学期は文化祭があるから、その出し物の話し合いをするとか言っていたっけ。

私は鞄を持ちながら、隣のアニータに話しかける。

「今日は部活があるから、放課後の勉強会はまた明日からやるってことでいいかな？」

「勿論、今学期もご指導はよろしくお願いしたいですけど……あなたも大丈夫ですの？」

「どういうこと？」

「ご両親の離縁だけではなく、その……監査官が派遣された話が、界隈で有名になっているようですけども……」

聞きづらそうに尋ねてくるのは、やっぱり両親のこと。

正直、私も少し心配していたのが私たちの在学に関してだ。家が破産なんてことになれば、当然私たちの学費どころではなく、そのまま中退させられる可能性もあったと思う。

だからそのことを鑑みて、城のお役人に奨学金のことも相談してみたんだけどね。

「まぁ、ここからでしょ」

私は肩を竦めて、「また明日ね」と教室を出る。

だって言いたくないもの。

アイヴィンと観光中にどっかの偉ーい王様から手紙が届いて『将来のために、現在の学歴も持っておくに越したことはない』なんて鶴の一声で、すでに学費が支払い済みだったことを知っただなんて。

(やっぱり夏休みの間にケリをつけておくべきだったかな)

(でもアイヴィンさんとの夏休みも楽しかったと思うけど?)

(……………まぁね)

復讐よりも、目先の娯楽を優先させたのは私である。

アイヴィンの様子見という意味もあったけれど。

だけど、どのみち過ぎてしまった時間は取り戻しようもない。

私たちが廊下に出ると、「シシリー」と声をかけてくる少女が一人。だいぶ髪を整えるのが上手くなってきたお姉ちゃんことネリアである。

「元気そうね」

「そっちはどう？」

お姉ちゃんと会うのも実家のとき以来。その後を聞いてみれば、彼女はとてもつまらなそうに答えた。

「ママにも出て行かれて、パパも大変そうだけど……わたくしはひとまず、なるべくいい成績で学校を卒業することが一番だから」

「そ。それじゃあお互いがんばろうね」

私の周りに少しでも汚点がないようにと、どこかのクズ王様が彼女の学費も手を回してくれたようだけど……そんな裏事情はお姉ちゃん含め、おそらくパパも知らないのだろう。

それならそれに越したことはないと、私が立ち去ろうとすると、ネリアが口を尖らせてくる。

「……勉強でわからないところがあったら、教えてくれる？」

「いいんじゃない？」

「え、何よ、その返答は！」

「とりあえず部活に行ってくるねー」

そして私は、笑顔でひらひらと手を振った。

私は心の中のシシリーに確認しておく。

（お姉ちゃんが真面目に勉強の相談してきたときは、シシリーが面倒みるんでしょ？）

（うん。ネリアを甘やかしたのは、わたしの責任だしね）

（まったく、どっちが姉なんだか）

（わたしたちは双子だから）

（そうだったね）

シシリーがネリアに甘いのは、やっぱり少し気に食わないけれど。

それでも、今日はとてもいい天気だ。


「ねぇ、ちょっと話せる？」

俺は少しずつ人が減っていく教室で、彼女に声をかける。

もちろんノーラことシシリー＝トラバスタ嬢が友人に別れを告げた後だ。

黒っぽい髪を三つ編みにして、厚底眼鏡に長いスカートをはいた彼女は、お喋りしていたクラスメイトに「ごめんね」と謝罪してから立ち上がってくれる。とてもめんどくさそうに。

人気の少ない階段下まで向かう間に会話はない。

着いてからも、彼女はめんどくさそうに腕を組む。

その口調は、教室での敬語とは打って変わって尊大だ。

「それでアイヴィン＝ダール、私になんの用？」

「つれないなぁ。きみが言ったんじゃないか。『夏休みにあなたの実験は失敗する』って。その結果を報告するのは俺の義務じゃない？」

「別に要らないかな。私の存在が、それを証明しているんだもの」

俺は苦笑を隠せない。

だって、『彼女』は俺が作ったらしいのだ。

そのせいか俺が手を伸ばしても、彼女は嫌がる素振りを見せなかった。

その恩情に甘えて、俺は彼女の袖を捲る。人間にはないはずの不自然な節目を、俺はそっと撫でた。

「でも、ようやくきみの予言に信憑性が持てたよ。きみは本当に――」

「どこで、誰に聞かれているかわからないでしょ」

彼女は俺の口元に人差し指を当ててくる。

にこりと笑うこともないつっけんどんを貫く彼女の手を、俺は優しく掴んだ。

「そういや俺、どうしてきみを『女王様（クイーン）』と呼ぶのか話したことある？」

「そういや聞いたことないかな？」

その冷たい手を、俺の頬に当てて。

たとえ姿が変わっても、さり気ない言葉遊びをする彼女の心のあたたかさに触れる。

「昔ね、母さんに言われたことがあるんだ。イイ男は、イイ女に傅くために存在しているんだって」

「素晴らしいお母様の教えだね」

「だろ？　傅きたくなるような相手が現れるなんて、きみに出会うまで想像もできなかったけど――」

自然と俺は目を閉じていた。

だって姿を見なければ、たしかに彼女は彼女に他ならないのだから。

「初めてきみに出会ったとき、これだって思ったんだ。階段から突き落とされて、笑いながら立ち上がる女性……不屈の精神とでもいうのかな。カッコよかったよ。立ち上がった瞬間ににやりと微笑んだ黒い笑みに、俺は一瞬で心を奪われた」

「あなたは被虐趣味もあるのかな？」

「かもね。でも実際、俺の読みも当たっていただろう？　俺がどんな愚かな真似をしていようとも笑わないでいてくれた。そして自分が悪者になるにもかかわらず、俺を守ってくれた」

俺が彼女の髪をほどいても、彼女は俺の一挙一動を受け入れてくれる。

「だから今度は、俺の番だ」

俺は跪（ひざまず）く。彼女の手を取り、その手に八〇〇年以上の忠誠を誓う。

「後は全部俺に任せて――俺の全てを懸けて、今のきみを救ってみせるから」

そして俺は、髪から菫色の魔力を隠さない彼女をこう呼ぶんだ。

「俺の女王様（マイ・クイーン）」

《了》

特別収録　ノーラの休日

それは、何気ない会話だった。

「あなた、休みの日は何をしていますの？」

「いきなりだね」

それはなんてことない昼休み。強いてあげれば、明日は休日。

お昼ご飯も終わって、教室で午後の授業が始まるまでの間、私はアニータの質問に答えてみる。

「いつも通りに起きてから、まず薬草室に行くかな」

「いきなり思いがけない場所が出てきましたわね。そんな所になんの用ですの？」

「自家製ハンドクリームや基礎化粧品の原料採集」

「…………先生に盗難を謝罪しに行くなら、あたくしも一緒に参りますわ」

うん、今日も私の友人がとても愛い。

だけどアニータ、最初から犯罪者扱いはしないでほしいな。

「大丈夫だよ。今はちゃんと先生の許可をもらって、一区画借りて自分で育てているから」

「今は？」

アニータの視線が怖い。

これはあれかな。もしも私が『あなたと友達になった夜に薬草室に忍び込んだらさっそく先生にバレて、泣く泣く貧乏で化粧品も買えないことを訴えたら、必要な種と場所を貸してもらえることになりました』なんて言ったら、とても怒られてしまうやつなのでは？

だから私はにっこりと笑って、その後の予定を話すことにする。

「その後は実験室で化粧水やクリーム作りかな。採取した薬草をコツコツ煮ている間に課題をまとめて片付けて――」

「ちょっと、さっきの話が終わっていませんわよ」

「あ、でも最近はアイヴィンの研究室を借りているんだよね。もちろん実験室の使用許可も先生から貰っていたんだけどさぁ、なんとアイヴィンの研究室だと、自動で食事が出てくるんだよ」

そんなことを話していると、やっぱりやってくるのがアイヴィン＝ダールだ。

「それ、お腹を鳴らしている誰かさんのために俺が買ってきてあげているだけなんだけどね」

「そして食事を済ませてから、いつもなら図書室とか行って本を読んでたりするんだけど――」

「あら、休みの日もやはり勉強熱心なのね」

これは主にシシリーの趣味である。やはり平日は私が好き勝手していることが多いからね。やることやったら、基本はシシリーがやりたいことを優先させるようにしている。

だけど……無事にアニータの興味が逸れている間に、私は人差し指を立てた。

「最近はアルバイトしているよ」

「あなた、労働なんてできましたの？」

「『してますの？』じゃなくて『できましたの？』って聞いちゃう？」

ほんと、アニータは私をなんだと思っているのかな。流石に声に出して聞いちゃうぞ？　あまり答えは聞きたくないけれど。

だけど、それはアイヴィンにも話したことなかったせいか、彼も興味深そうに質問してきた。

「アルバイトって、よく掲示板に張り出されているやつ？」

「そうそう。貴族学校だからないかと思っていたけど、案外多いんだよね」

「まぁ、普通の生徒にとっては社会勉強ってやつだろうね。先方としても、うちの生徒なら物書きや計算は問題ないから即戦力だろうし」

アイヴィンの発言にアニータも頷いているけど……。

実際は、学力があったところで社会で役立つとは限らない。だけど彼らはまだ学生だからね。わざわざ厳しい現実を教える必要もないだろう。彼らがアルバイトするわけじゃないんだし。

「でも、きみの場合はそんな崇高なことはしないよね？」

「失敬な。まぁ、お金欲しさには違いないけど」

失礼な決めつけをしてくるアイヴィンに渋々答えていると、アニータの眉がしかめられていた。

「シシリーはそんなにお金に困ってましたの？」

「んー、ちょっと買いたいものがあってね」

そんなタイミングで、授業開始の鐘が鳴る。

ちょうど良かった。私もこれ以上は話すつもりはなかったのだ。

「じゃ、今週最後の授業も頑張ろっか！」

私は大好きな友達に向かって、にっこりと微笑んでみせる。

そんなこんなで、休日である。

「本当に今日もアルバイトに行くの？」

「その含みのある訊き方はなにかな？」

無事に今週分の化粧水らを作り終え、「それじゃあ行ってくるね」とアイヴィンの実験室を後にしようとしたときだった。

「……そんなにお金に困っているなら、融通しようか？」

頬を掻きながら、なぜか申し訳なさそうに提案してくる次代の賢者様。

いやぁ、食事やおやつを奢ってくれるのみならず、いよいよお金までくれるってか。

こんな若くから女に貢ぐ癖をつけてもらいたくないので、私は「いやいや」と手を振る。

「自分で稼いだお金で買ったからこそ、価値があるものもあるでしょ？」

「それはたしかに」

「それに、こないだ働いたときは『またぜひ来てね！』て頼まれたくらいなんだから！」

「へぇ、意外だね」

そんな感心を得てから、私たちは爽やかにさよならをして。

さぁ、アルバイトのお時間である。

私が気に入っているのは学園ふもとにある町のカフェテリアだった。

もちろん、危ない仕事をシシリーの体でするわけにはいかないからね。シシリーの経歴に問題がなく、しかも控えめにフリルが付いたシックな茶系の制服がかわいいアルバイト先を選んだのだ。

しっかり髪もお団子にまとめてから、私は爽やかに挨拶をする。

「今日もよろしくお願いしますっ」

「はい、よろしくお願いします」

「お願いしまーす」

私は俗に言う『ホール担当』というウエイトレス係である。一緒にホールを回すのは店長と私と、もう一人。この町に出稼ぎに来ている同い年くらいの少女である。

さぁ、今からランチタイムだ。寮の門限があるので、私はいつも夕方には上がらせてもらっちゃうけど……その分、短時間で精いっぱいお役に立たないとね！

さっそく、今日のお客さま一号が入ってくる。

「いらっしゃいませーっ」

挨拶は明るく快活に。注文をとるのは得意だよ。いくら長いメニューを何個羅列されても、一発で覚えるのなんて楽勝である。大賢者様を舐めちゃあいけない。

だけど、私にも苦手というものはあるわけで。

「お水のおかわりどうぞー」

「きゃっ、ちょっと水が跳ねたじゃない!?」

ピッチャーから注いだ水がお客様に跳んでしまったらしい。別にいいじゃないか。ただの水だ。劇薬なわけじゃないんだし。

「これ三番テーブルに持って行ってー」

「了解でーす」

コックさんから出された料理三皿を同時に運ぼうとしたところ――

「おっと～っ!!」

バランスを崩して、転んでしまう。

割れたお皿は魔法でちょちょいと直せますけど……お料理はダメですか？　ダメですよね？

そんな失敗を短時間で重ねていると、店長さんが「どうしたの？」と肩を叩いてくる。

「こないだも最初はこんな失敗していたけど……すぐに慣れたじゃない」

「はい、すみません……」

私はペコペコと頭を下げていると、心の中のシシリーが声をかけてくる。

（またわたし代ろうか？）

そう、種を明かしてしまえば――前回ここでアルバイトさせてもらったときは、私の失態を見るに見かねたシシリーが体を代わってくれたのだ。

その結果が、すごかった。

たしかに挨拶の声は少し小さい。だけど注文を一発で覚えるのは私と大差ないし、何より作業の一つ一つが丁寧で早い。さらに困ったお客様がいればすぐに気が付いて手伝いを申し出る気遣いもある。

流石、だてに長年わがままお姉ちゃんの世話をしてきていない様子。

だけど……これは私の試練なのだ。

前回は思わず甘えてしまったけれど、このアルバイトは私がやりたくてやっている。

せっかくのシシリーの時間を奪ってまで、私が欲しいがためだけにお金を稼ぎに来ているのに……

さらにシシリーの手を煩わせるわけにはいかない！

（ううん。これは、私の試練だから！）

（そう？）

決意みなぎる私の返答に対して、シシリーはどうにも浮かない様子だったが。

チラリと見えた、窓の外。

そこにいた人物に、私は思わず目を見開く。

（どうしてあの二人がいるの⁉）

（結構前から、とっても心配そうに見てたよ？）

私は即座に「少しだけ外の空気を吸ってきます！」と、店長の返事を待たずにお店の外へ。

すると、アイヴィンの制止をよそにアニータが思いっきりお説教してきた。

「ちょっとシシリー。仕事中に持ち場を離れるとはどういうことですの⁉」

「いや、だって……なんで二人がいるの⁉」

しかも、アイヴィンはまぁ普通の私服だけど……アニータに至っては頭に大きなスカーフを纏っているし、目にも大きなサングラスをかけているし。

そんないかにもなお忍びスタイルを見て、私はかつての大賢者頭脳で推理する。

「もしかして、二人はお付き合いを始めたとか……」

「なんであなたはいつもそんな恋愛脳なんですの!?」

いやぁ……だって、ねぇ？

せっかくのお休みに男女二人でお出かけするとか……もうデート以外のナニモノでもないのでは？

ずっとお腹を押さえて笑っているアイヴィンはともかく、アニータは顔を真っ赤にして否定してきた。

「ダール卿とは、本当に偶然たまたま出会っただけにすぎませんわ！　そう、あたくしはただ買い物のついでにこの道を通っただけで――」

「やっぱりきみが心配で様子を見にきたんだよ。そうしたらずっとヘルゲ嬢が怪しい恰好でそわそわそわ店内をのぞいているもんだから、思わず声をかけただけで――」

「余計なことを言わないでくださいまし!?」

顔を真っ赤にして「違いますわよっ」と声を荒らげるアニータに、私は思わずクスクス笑って。

するとアイヴィンも苦笑しながらアニータに視線を向けた。

「そんな様子じゃ、ヘルゲ嬢もお昼食べていないんだろう？」

「だから、あたくしは決してシシリーの心配など!?　ただもしお店に損害などかけたら、賠償金を立て替えたり、裏で証拠を揉み消したりなど色々と出番があると思っただけで……」

とりあえず、今日も私の友人がとても愛い。……そういうことにしておく。

アイヴィンは「はいはい、お店に入ろうね～」とアニータの背中を押しつつ、ウインクなんて飛ばしてくる。まったく……どこでそんなことを覚えてきたんだか。

だけど……ここはバシッと私がカッコよく働いているところを見せて、二人を安心させてあげなきゃ女がすたる！　私はやる気を入れ直して、店内に戻る。

そのあと、私はとーっても頑張った。

「ほら、食器を置くときはもっと丁寧に！」

「カッコつけてそんな上から注がないの！　ここは発表会ではなくてよ！」

「あ～もう、あちらの客がもう食事を終えてますわ。早く食器を下げに行きなさい！」

客席に座ったアニータがうるさいのなんのって……。

まぁ、小言のおかげであれから大きな失敗もなく働けているのだけど。

（親すらいないのに、まさか小姑ができるとは思わなかったよ……）

（別に親はいなくても、結婚すれば小姑や姑はできるかもしれないんじゃない？）

いや、シシリー。心の中の愚痴（ぐち）に真面目に返してくれなくても。

でもそうか。もし私が生まれ変わったら、アニータの息子と結婚するのはアリだな。アニータが育てる息子なら、見た目も性格も絶対に愛いはず！

そんな、ありえもしない夢を小さく笑っていたときだった。

「きゃっ」

控えめな悲鳴に視線を向けると、もう一人のウエイトレスがオジサン客におしりを触られている。

しかもその手、スカートの中に入れようとしていないかな。

「お客様〜♡」

もちろん、私はとびっきりかわいい声を出して近付きますとも。

そして、オジサンの手を容赦なく掴みあげた。

「そのおしりはあなたごときが気安く触っていいおしりじゃございません〜♡」

「なんだよ、姉ちゃん嫉妬かぁ？」

うわぁ、こいつ酒臭い……。

しかも、もう一つの汚らしい手で『私(シシリー)』のお尻を触ろうとするだと？

ふ〜ん、そう来ますかぁ……。

他の客席から「シシリー、抑えなさい！」と注意してくる声と「あ〜あ」という嘆息が聞こえてくるけど……こんなゲスの暴挙を許す私だと思っているのかな？

「痛(い)て！」

次の瞬間、そのオジサンの手にフォークが刺さっていた。その役目を終えたフォークはふわふわと私の周りを浮遊し始める。

「ふふっ、マナー違反したから、食器さんたちがご乱心だよ？」

私が腕を組んでオジサンを見下していれば、もう一人のウエイトレスが慌ててお店の奥へと逃げていく。そうだよね、だってこの周辺にはフォークだけでなく、ナイフやスプーン、すべての食器(カトラリー)が所せましと魔力を帯びて浮かび上がっているものね。

「あなた、誰に手を出そうとしたのかわかっているのかな?」

魔力を帯びた食器からはバチバチ小さな稲光が爆ぜ、周囲のテーブルや椅子を焼け焦がして店内は阿鼻叫喚。その中心で、私は悠々と顎をあげて、痴漢オジサンを鼻で笑った。

そんな光景に、オジサンが「ヒィ」と間抜けな悲鳴をあげて椅子から崩れ落ちる。

足が震えて立ち上がれないようだけど……まだまだ甘い。

だってこいつは、『稀代の悪女ノーラ=ノーズ』が一番大切にしている女の子に手を出そうとしたのだ。

それ相応の報いを受けていいと思わない? ま、それでも今はお仕事中だからね。このままお店から出て行ってくれるなら見逃してあげても――

「な、なんだよてめぇ。さっきの姉ちゃんのほうが胸もお尻も大きいからって僻みやが――」

よーし、こいつは死にたいらしいなぁ♡

私が片手を掲げて「来い、私の――」と叫ぼうとしたときだ。

「ほ~らよしよし。いい子だから落ち着こうねー。シシリーちゃんはとってもかわいいもんねー。だからこんなカフェの真ん中で極大魔法を撃とうとなんかしないもんねー?」

後ろからアイヴィンに羽交い絞めにされて、よしよしと頭を撫でられるわ。

「警邏の皆さん、強制わいせつ者はこちらですわ!」

アニータが手際よく警邏隊を連れてきて、あっという間に痴漢オジサンを連行させてくれちゃうわ。

そんな状況の変化に呆気にとられていると、警邏隊の一人が私に聞いてくる。

「この店内の惨状は誰が？」

「それは私が悪いやつをとっちめ——」

『正当防衛ですっ!!』

しかも、そんな取り調べも私に一言も喋らせてくれることはなく。

私を押しのけて前に出てきたアイヴィンとアニータが、お得意の口の上手さでうやむやにしてしまったのだった。


そんなこんなで、あっという間に夕方だ。

「今日のお給料はちゃんとあげるから……もう、うちには来ないでくれる？」

「はい……」

私はぐすんと鼻をすすりながら、お給料袋を受け取る。

ぐちゃぐちゃになったお店はアイヴィンと手分けして、ちゃんと全部直してきた。だけどその間に客は入れられなかったから……今日の収益は赤字になってしまうよね。それなのにちゃんとお給料をくれるだけありがたい……ありがたいんだ。

そして「ありがとうございました」と頭を下げてお店の外に出ると、やっぱり二人が待っていた。

「お疲れ」

「ま、あなたにしては頑張ったんじゃありませんの？」

二人の気遣いに、私は何も答えられない。

あーあ、なんでこんなことになったちゃったんだろ……。

あの痴漢オジサンさえいなければ、今頃『またよろしくね』と店長さんにも褒められて――

(それはどのみち難しかったんじゃないかな?)

うぅ、シシリーが厳しい……。

だけど、必死に私のフォローをしてくれた二人は優しかった。

「きみが助けた女の子が『ありがとう』って言ってたよ」

「あの方はちゃんとあたくしの護衛に送らせましたから、何も心配ございませんわ」

私がグズグズ鼻をすすったまま俯いていると、アイヴィンが慣れた様子で腰を抱いてきた。

「まぁまぁ、誰にだって失敗はあるさ。せっかくだからこのままディナーでも食べに行く? ヘルゲ嬢も来るだろう?」

「ふんっ、このあたくしに門限を破らせるなんて、シシリーくらいのものですわよ」

あぁ、もうなんでこの二人は……。

夕陽に背中を押された私は、お給料袋を抱えた手に力をこめる。

「一箇所だけ寄りたい所があるんだけど、付き合ってもらえる?」

ちょうど今日の分のお給料で、私の目標金額達成だったのだ。

だから雑貨屋さんでお目当てのものを買って――私はお店の外で待ってもらっていた二人に、個包装された小箱を渡す。

「た、大したものは買えなかったんだけど……」

夕陽を言いわけにできないくらい、顔が熱かった。

「アニータ、もうすぐお誕生日……なんだよね？」

「まあ……」

彼女の目が見開かれる。

そう、私はアニータに誕生日プレゼントを贈りたくて、ずっとアルバイトに勤しんでいたのだ。そりゃあ、アニータはお金持ちの伯爵令嬢だから。学生が数日アルバイトしたくらいのお金で買える贈り物なんて、まるで嬉しくないのかもしれないけれど。

でも……こう、誕生日プレゼントを贈るなんて、青春っぽいなって思って。八〇〇年前は誰かに贈り物なんてしたことがなかったから。せっかくできた友達だし。してみたいなと思って。

私は今までにないくらい緊張しているのに、アニータからの返事はない。

やっぱり……迷惑だった、かな……。

おそるおそる顔をあげたときだった。

目じりを赤くしたアニータが今までに見たことないくらい目を輝かせていた。

「あなた、こんなことのために頑張ってましたの？」

相変わらず辛辣な言葉だけど、その嬉しそうな顔を見たら。

あぁ、やっぱり私の友人はとても愛い。

なので、私はアイヴィンに向かって投げやりに告げる。

「アイヴィンのはついで。いつも奢ってもらってるからね」

「はは。献上品、ありがたく頂戴いたします。俺の女王様（マイ・クイーン）」

すると、アイヴィンは私の手を取って。片目でこちらを窺いみながら唇を落としてきた。

「ほんと、どこでそんなこと覚えたんだか」

今もアニータは「まあ」「まあ」と繰り返しながら、嬉しそうに飛び跳ねてくれている。

そんな光景に、私はホッと胸を撫で下ろしたのだ。


そして、お休み明け。

授業中、なんとなく隣を見やれば、アニータが新しい万年筆を使っていた。

クリップ部分がうさぎの形をした、ピンクの万年筆——それは私があげたものだ。お店で見かけたときから、アニータに似合うだろうなと思っていたの。どうやらさっそく使ってくれているらしい。

そして前の方を見やれば、アイヴィンも同じ形の青い万年筆を使っている。

真剣に授業を聞いているため私の視線に気付かないアニータとは違い、アイヴィンはすぐにこちらを見ては、「ありがとう」とばかりに万年筆を振ってくるものだから。

（よかったね、ノーラ）

（えへへ）

シシリーに言われてしまったのも相まって、私は思わず鼻の下を擦ったのだった。

《特別収録　ノーラの休日／了》

あとがき

サーガフォレスト様からははじめまして。ゆいレギナと申します。

本作『ど底辺令嬢に憑依した８００年前の悪女はひっそり青春を楽しんでいる。』の一巻をお手にとっていただき、誠にありがとうございます。

また、本作に素敵すぎるイラストを添えてくださったとよた瑣織(さおり)先生、本作を見つけてくださり、そして丁寧に作業を進めてくださった担当編集様およびパルプライドとサーガフォレストの皆様、並びに書店に並ぶまでにご尽力いただきました皆様、そして重ねてになりますが、本作をご購入くださった皆様、本当にありがとうございました。

こちらは好きなものをたくさん詰め込んだ作品となりました。

最強の魔女。成長する女の子。かわいい女ともだち。可哀想なイケメン。

私にしてはイケメンが残念ではないところがポイントでしょうか。こちら四作品目の書籍化なのですが、今まではどいつもこいつも残念イケメンばかりで……アイヴィンは、ゆいレギナ史上、一番イケメンムーブをしているヒーローじゃないかと思っています。これでも。

だって、ほぼ毎日ノーラにおやつを奢ってあげてるんですよ？

もちろんノーラ（シシリー）にお小遣いはないので、女子高生の貴重な栄養になっています。
いいなぁ、胡散臭いけど毎日おやつ奢ってくれるイケメン、私も欲しかったなぁ（笑）

そんなノーラたちの青春はまだまだ続きます。
どうか再びお手元に届くまで、応援いただけると嬉しいです。

あと、本作はコミカライズも制作中です！
ご担当くださるのは旭タツミ先生。原稿の一部をすでに拝見しているのですが、もう「マンガにこの画のクオリティーは贅沢すぎませんか？」というくらい美麗な仕上がりになっております。ぜひご期待くださいませ！

それでは、本作が皆様の有意義な暇つぶしになれたことを願って。

ゆいレギナ

転生貴族の異世界冒険録
～カインのやりすぎギルド日記～
原作：夜州
漫画：香本セトラ
キャラクター原案：藻
レベル１の最強賢者
原作：木塚麻弥
漫画：かん奈
キャラクター原案：水季
我輩は猫魔導師である
原作：猫神信仰研究会
漫画：三國大和
キャラクター原案：ハム

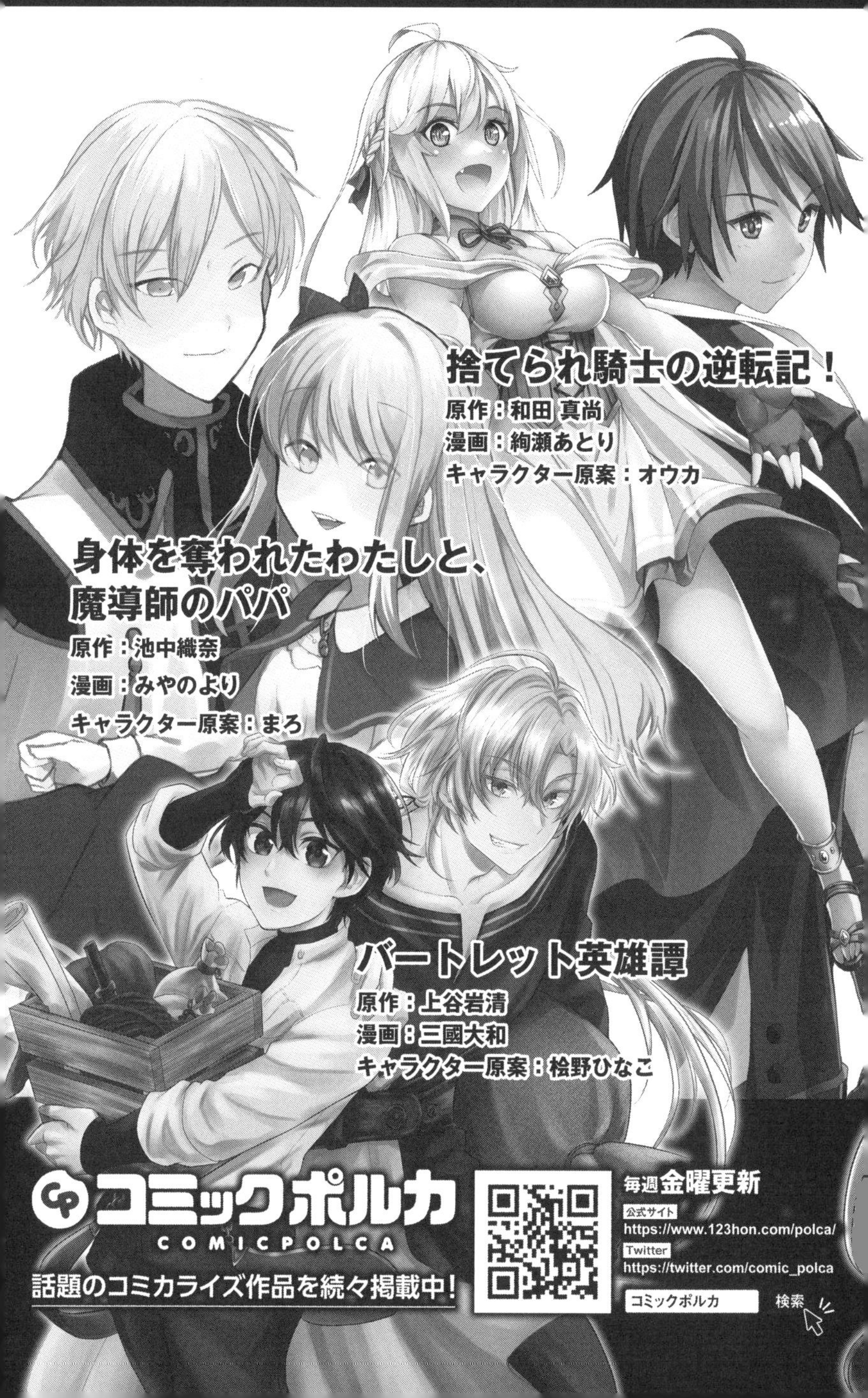

ど底辺令嬢に憑依した800年前の悪女はひっそり青春を楽しんでいる。 1

発 行
2023年11月15日 初版発行

著 者
ゆいレギナ

発行人
山崎 篤

発行・発売
株式会社一二三書房
〒101-0003 東京都千代田区一ツ橋2-4-3 光文恒産ビル
03-3265-1881

編集協力
株式会社パルプライド

印 刷
中央精版印刷株式会社

作品の感想、ファンレターをお待ちしております。
〒101-0003 東京都千代田区一ツ橋2-4-3 光文恒産ビル
株式会社一二三書房
ゆいレギナ 先生／とよた瑣織 先生

Printed in Japan, ISBN 978-4-8242-0058-7 C0093
※本書は小説投稿サイト「小説家になろう」（https://syosetu.com/）に
掲載された作品を加筆修正し書籍化したものです。